王旭烽 著

柳浪闻莺

图书在版编目（CIP）数据

柳浪闻莺 / 王旭烽著. —杭州：浙江文艺出版社，2024.6
ISBN 978-7-5339-7590-6

Ⅰ.①柳… Ⅱ.①王… Ⅲ.①中篇小说—小说集—中国—当代 Ⅳ.①I247.5

中国国家版本馆CIP数据核字（2024）第084166号

策划统筹	王晓乐	版式设计	徐然然
责任编辑	张恩惠 许龚燕	营销编辑	张恩惠 詹雯婷
责任校对	陈 玲	数字编辑	姜梦冉 诸婧琦
责任印制	吴春娟		

柳浪闻莺

王旭烽 著

出版	浙江文艺出版社
地址	杭州市环城北路177号
邮编	310006
电话	0571-85176953（总编办）
	0571-85152727（市场部）
制版	浙江新华图文制作有限公司
印刷	浙江新华印刷技术有限公司
开本	889毫米×1260毫米 1/64
字数	67千字
印张	3.5
版次	2024年6月第1版
印次	2024年6月第1次印刷
书号	ISBN 978-7-5339-7590-6
定价	29.80元

版权所有 侵权必究

柳浪闻莺 二我轩照相馆 摄于1911年

写在前面

1995年，我在浙江省文联工作，地点离西湖断桥很近。闻说断桥要断，赶去看时发现人群多挤在桥边担心，就想：断桥若真断了，许仙和白娘子怎么相会呢？因此触发了"西湖十景"第一部小说《断桥残雪》的创作动机。以后一年一部中篇，在双月刊文学杂志上发表，七部以后，开始两年一部，十三年后终于全部完成。

首先，这十部小说是十个爱情故事，红男

绿女,芳魂缭绕——《白蛇传》《梁祝》《李慧娘》,本来在西湖边发生的故事几乎就都是关于爱情的;其次,我企图在每部小说背后呈现一个杭州的文化符号,是看得见、摸得着的人文载体,比如荷花、古琴、金鱼、经卷、景观、花叶、印刻、书法、美术、工艺、戏剧等。最后,仅仅有文化事象不行,还要有哲理思考。比如《断桥残雪》里有关等待的意义;《平湖秋月》中当代社会精神与物质世界的审美对立,等等,它们通过十景中的意境一一传递。比如《三潭印月》,只有当你看出圆月是一滴饱满的、金黄色的、温暖的眼泪时,你的西湖边的人性解读方告开始。

十多年过去,小说曾经在高校成为线下课

程，也成为线上网课，被制成录像，也曾录成音频，拍成电影，成为行为艺术、实验文本。小说曾经作为整部形态问世，后又作为分册出版。我的朋友，曾任《江南》杂志主编的袁敏，作为被出版界盛赞的金牌编辑，提出这十部中篇应该构成分册型的整体，小巧而精致，知性且优雅，对她的观点我深以为然，且将其作为"西湖梦想"之一。

浙江文艺出版社的青年姑娘编辑们，终于编撰完成了一串美丽花环般的文字。果然就是部梦想读物，仿佛轻奢的生活艺术品，封面，册页背后、底下、上面及周边的无形与有形的文字花朵，如湖边的二月兰一般，突然就绕着故事草长莺飞，喧哗起来。于是，这些书册读物藤蔓一般地延展开去，小精灵一样地从书房间、地铁里、休闲吧中探出头来，参与着今天的杭州往事、西湖传说。

从故事里叠出故事的"西湖十景"，让我恍惚地想：她究竟是我写的故事，还是从我写的故事里生出来的故事呢……

王旭烽　2024年4月28日

目 录

柳浪闻莺 /001

大于日常的存在
　　——《柳浪闻莺》的意义绽放 /193

附录
　　何文秀落难 /205

柳浪聞鶯

一

扇面徐徐打开之时,玻璃窗唉唉敲响了,有人在外招呼:"柳洲庄主,别来无恙?"还没等工欲善回头,郑杰就闯了进来,插科打诨道:"善子,你想交桃花运了!"工欲善举着扇柄缓缓转过去,两人会心一笑——原来,工欲善打开的正是一把桃花扇。

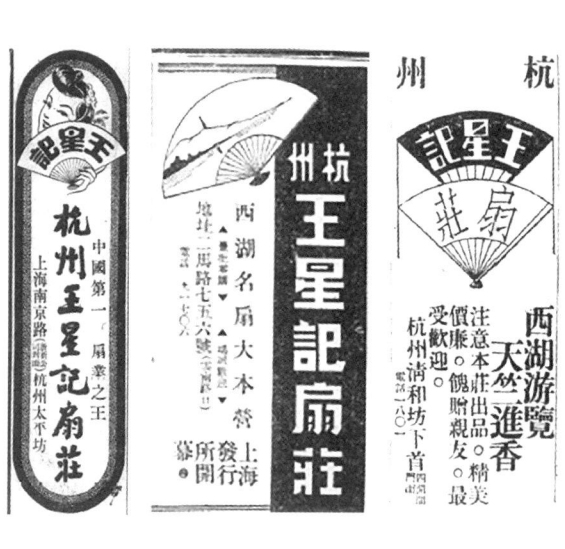

王星记扇庄广告

杭扇在宋朝时就颇负盛名,杭州旧有"扇子巷",1875年,王星斋创立王星记扇庄,后又在上海与北京设扇庄。1958年更名为王星记扇厂。王星记继承了杭扇传统特色,以黑纸扇和檀香扇最为著名。

扇面是工欲善准备出画册用的，别的都挑定了，正在琢磨的是手里握着的这把。这是前几年从美院毕业，刚到王星记扇厂上班时画制的。那是乍暖还寒的早春，西湖边柳芽已萌，红蕾星无，他却刻意临了一丛桃花。谁知天工艺苑一把大火，把他不少扇面烧了，独独留下了这把。有惊无险。火也把工欲善烧醒了，从此单干。

他家几代都在涌金门外绿杨新村居住，便临街当湖以承祖业，开了家小扇庄，自题门额：柳洲扇庄。几年下来，小康世界，自娱自乐，正琢磨着是考研呢还是接着当他的小庄主，郑杰就不请自来了。他留着山羊胡，戴圆眼镜，穿皮夹克，像煞旧俄时期的民粹党人。美院就在扇庄不远的南山路上，离扇庄几步路，他俩是同学，

1994年1月30日天工艺苑火灾　吴国方
摄于1994年

天工艺苑曾是"杭州十大商场"之一,承载着许多老杭州人的记忆。王星记扇厂的厂房与柜台都曾设立于此。

当初都有可能留校，最后学校定了郑杰，工欲善只得考研。谁知竟然没考上，两人关系就微妙起来。但郑杰总来扇庄进货，两人友谊和交易一并进退，互不买账和互相欣赏兼而有之。

工欲善长手长脚，寒气隐隐，面容苍白，发须整洁，若套一件竹布长衫立于扇庄柜台，像煞二十世纪三十年代旧上海亭子间学徒出身的文艺青年。他对郑杰不失直率，几近刻薄："又来进货了。记住闭嘴啊，外行有外行的热闹，你就当我是白居易，你是听白居易念诗的老妪吧。"

郑杰叫了起来："怪不得人家说你眼角儿高，毕业几年了还孤家寡人一个，知晓我谦虚，还不抒抒我顺毛。"话虽那么说，还是粗粗一瞥，问："你画的？"

工欲善看着他："当画集封面怎么样？"

工欲善在一般人眼里，是个极为矜持之人，说话行事，半掩半藏，常常让人捉摸不透。郑杰刚刚相反，快人快语。此时他便说开了："善子，你的笔墨功夫我服，只是你画的对象错了，我不服。你这样的品味高雅之人也沾了红尘气。"他拔过工欲善手中之扇，翻看几眼，继续夸夸其谈："桃花虽好，毕竟不是国色天香，也非空谷幽兰，更不要说冰雪寒梅了。总而言之，一旦上了封面，就必须是那种只能欣赏不能扇的扇子。你这把扇面嘛，只可拿来日用的，做封面就轻俗了。"

工欲善听不得人当面指责，收起扇子就反

击:"吴昌硕五颜六色,大雅似俗,大隐隐于市,不承想还有你这样的俗见误人子弟!"

郑杰并不计较,挂了免战牌说:"我俗,我俗,我就是为俗而来的。桃花扇不可鉴,桃花运可交。有一个才子佳人绝配的良机,我首先就想到你了。"

工欲善的同学个个结婚了,就他还单挂着。父母又随姐姐去了沪上,柳洲扇庄竟成孤家寡人之宿。先前还有人自荐当红娘,几回下来再不敢接手,都道此人心有雾气,不辨头角,难以应对。工欲善用长指头敲着柜台,说:"哎,哎,哎,不提这个啊!"

郑杰只好说实话:"兄弟你就帮我一忙。戏剧家协会最近办了一个班,挑了各地的越剧尖

西 湖

[明] 张杰

谁为鸿濛凿此陂,涌金门外即瑶池。
平沙水月三千顷,画舫笙歌十二时。
今古有诗难绝唱,乾坤无地可争奇。
溶溶漾漾年年绿,销尽黄金总不知。

子培训,出类拔萃的要留在省城,摊上了让我老婆做班务。其中有一讲,'舞台上的扇子',地点在闻莺馆。我就向我老婆推荐了你——美院国画系高才生、前王星记扇厂的工艺师、当今最具真知灼见的扇面鉴赏家和收藏家——柳洲扇庄庄主工欲善。"

郑杰的夫人小王,生得小鸟依人。新婚不久,郑杰就让她从剧团花旦岗位上退下,调到戏剧家协会,从此小姐成了打杂丫头。工欲善的老师同学,往往通过这等途径,先把大众情人娶到手,再将她们转为彻头彻尾的居家老婆,工欲善眼前就晃来晃去地飘着许多"小王"。

并非"小王"们不好,只是太多了。而工欲善需要的是少,独一无二。唯其罕见,工欲善在这个芸芸众生摩肩接踵的世上，尚未与她千年一遇。

郑杰继续煽风点火："想一想，一群江南佳丽将聆听青年才俊的高谈阔论，还有谁比你更合适？"

工欲善说："你叫我讲什么，我又不会唱戏。画扇是画扇，舞扇是舞扇，两码事，扯不到一块儿。"

郑杰终于拱起手来求他了："善子你就帮我一忙吧，我在小王面前拍过胸脯的。"

工欲善经不起人求，只好接受郑杰这个公私两便的好意，嘴里还是不饶人的："我去是去，也就好比出书前整理整理我自己的思想，聊胜于无，你不要指望我讲出什么彩儿来！"

二

闻莺馆是个茶楼，就在柳浪闻莺，离工欲善的扇庄，也不过几步之遥。学员们三三两两于茶座小憩，桌上各人一杯茶，咔咔咔咔，一片嗑瓜子声。工欲善进门，见竟然是这样一群散兵游勇，眼睛都直了。

小王朝他打了个飞眼，两个耳环晃个不停，

[清]佚名　刺绣西湖图册　柳浪闻莺

一副梨园气。她不接翎子,还真当他是来相亲的,笑嘻嘻地低声说:"工老师,我们刚刚到万松岭跑了一趟,梁山伯祝英台读书的地方。十八相送,脚骨跑断,吃力煞了。你讲得好坏反正也听不出来的,随便讲好了。"

工欲善把备课笔记和当教具用的扇子放到桌上,眼睛先歪向闻莺馆外。湖光山色让他定了定神,迎风轻拂的初春柳条却又把心吹浮了。调整了片刻,见嗑瓜子声小些了,工欲善吐了口气,说:"自我介绍,我姓工,叫工欲善——"

突有一燕惊鸣,打断工欲善:"哈哈,姓公,还有姓公的人!"

立刻群莺乱啼:"怎么没有,巩俐不是姓的巩!……"

"是公，人民公社的公！"

"什么人民公社，不就是老公的公吗，阿木林！""……你才阿木林，是龚，上面一个龙，下面一个共。老师，老师你姓龚是不是？"

满座娇娃一下子顿住看着工欲善，等他回答，倒让工欲善目瞪口呆。他平时吞吞吐吐半掖半藏惯了，一下子不习惯这样的白描直抒。正踌躇着，就听一个声音从后面传来，说："老师姓工，百分之百，工人阶级的工，谁敢和我打赌？"

工欲善一愣，倒不是因为猜对了，而是她的腔调。一口标准的普通话，咬文嚼字，嗓音低沉。他抬起头来找那个声音，见一只手臂挡住脸，架在最后一排屏风旁的茶桌上，手指呈剪刀状,夹着一张纸钞,挥动了一下,啪的一声,摔在桌上,露出半身。显然是个标新立异的女子,缩回去的手抵着下巴,前倾坐着,牛仔领子竖起,一头垂发簇拥着面颊,又戴一副墨镜,脸就越发小了。

她不可一世地说:"不敢和我打赌吧。老师肯定姓工,工欲善其事,必先利其器,老师的名字就是这样来的。"

"什么什么,什么工欲善,利器什么?"姑娘们又开始七嘴八舌。

坐在墨镜姑娘旁边的女孩子说:"不要吵不要吵,让垂髫说。老师,她叫垂髫,就是头发挂下来的意思。不过她演梁山伯,头发其实是束上去的。我叫银心,不是银子的心啊,就是

万松岭

万松岭位于凤凰山北麓,因白居易诗"万株松树青山上"而得名。唐代时万松岭有报恩寺,明代在报恩寺旧址上建有万松书院,清代又重修。清康熙帝赐"浙水敷文"匾额,万松书院遂改称敷文书院。民间故事《梁山伯与祝英台》中梁祝二人同窗共读之地便是万松书院。现在,万松岭中还建有浙江革命烈士馆。

祝英台的丫头。"

梁山伯来祝英台,前世因缘分不开。到底是祝英台的丫头,你让梁山伯说,先自报山门一大堆。

那个银心看上去很依赖垂髫,肘推女伴,催她快说。垂髫也不推让,放下手,仰身到椅背上,下巴抬得高高,二郎腿一架,一只手叉在腰上,招式就出来了,说:"工欲善其事,必先利其器。孔子说的嘛,《论语》里说的嘛,对他的学生子贡说的嘛。就是想要把事情做好,先得把做事情的工具收拾好嘛。老师是说,要把戏演好,先把道具理解好嘛!"

工欲善像是措手不及地就被什么东西当胸撞了一下,便见那个垂髫抬了抬漆黑的两扇长方形镜片,环视四周,拿腔拿调地问:"请问各位,什么是演戏的道具呢?"

所有的姑娘们一起叫起来:"扇子!"

她们就一起看着工欲善。工欲善低头喝了口茶才说出话:"是我上课,还是你们上课?"

所有的人都笑了,工欲善也笑了,他的开场白让这个叫垂髫的姑娘抢了。接下去该说些什么呢?

提纲和教材其实都准备得很精心,他本来准备讲得系统一些,从舜做五明扇,殷高宗有雉尾扇说起,一直说到周昭王用尾翅制成"游飘""条翻""兮光""仄影"四把名扇,轻风四散,泠然自凉。再一路从诸葛武侯羽扇纶巾指挥三军,讲到唐代周昉的《簪花仕女图》和刘禹锡的"团扇复团扇,奉君清暑殿,秋风入庭树,从此不相见"。为把扇子说透,工欲善还带了些图片,几把扇子。但他并不准备谈舞台上的扇,因为舞台上的扇子实际上就是舞台上执扇的人,对此他并不了解。

现在他才知道绕不过去了,他没法从远古说起,但也不打算就此罢休。他拿起折扇说:"我上课的方式就是不断提问,刚才是一个,现在是下一个——请问,舞台上的扇子,是用来做什么的?"

鸦雀无声片刻,没人再嗑瓜子了。银心看看周围,愣愣地举手说:"舞台上的扇子,是用来演戏的。"

[唐]周昉　簪花仕女图(局部)

大家又一次哄堂大笑，连垂髫也淡淡一笑，大家笑完了就看工欲善，期待着他说出真理来。工欲善想，舞台上的扇子，就是用来演戏的，可现在他得说出一点不一样的地方。他深吸一口气，像运动员上场比赛，开了讲：

"人们以什么样的形象出现在人生舞台上呢？中世纪的欧洲骑士用利剑，明清时代的中国文人用扇。扇有很大的表演性，伸缩自如，给人以空间上的魔幻感；扇有很大的装饰性，扇面展示执扇者的地位与才华；扇有很大的日常性，可以遮阳，可以招风，平凡的生活被摇曳得杂花生树落英缤纷；扇是智慧的象征，轻轻薄薄一片，执扇者就如诸葛亮一样举重若轻。"

"然而,说到底,扇子和利剑是两个完全相反的指向:利剑是进取的,直面人生的,阳刚的;扇子不管翻飞得如何天花乱坠,它总在遮蔽,摇扇的男人是阴柔的。刚才你们去万松岭寻访十八相送的感觉,请问《梁祝》里的《十八相送》为什么要用扇子?仅仅是因为表演需要吗?"

他环视一圈,发现座下已经鸦雀无声,被他一阵天花乱坠说蒙了,这才胸有成竹:"不,是为了掩饰,是一种通过掩饰来张扬的方式。梁山伯用扑蝶的纸扇取代了男人的利剑,遮蔽了一个男人的女性化实质;而祝英台则用纸扇展示了自己既想遮蔽又想暗示自己性别身份的一种矛盾。扇子是用来掩饰她瞧郎之本意的。

古代有一种瞧郎扇,隔扇羞窥意中人。你隔扇羞窥意中人,意中人看着隔扇羞窥的你,还有人隔扇看着你和你的意中人,既是挑逗又是勾引,又是防空洞又是战壕又可作壁上观,所以中国扇子在很多时候代表着中国文化的暧昧,介乎于是和非之间的诡辩,就像你们越剧中的女小生一样,介乎于男与女之间的第三性。"

从她们一声不吭睁大双眼的表情来看,工欲善可以断定她们没有听懂。于是他一挥手指着后排的垂髫说:"舞扇的意义是很独特的,就像这位学员脸上的墨镜。这是一种戏剧效果,它遮住了你的眼睛,是为了让你的目光在别人眼里独一无二。"他顿住了,想,我说到哪里去了。

梅兰芳饰演的洛神　1922年

好一会儿，工欲善才听到银心的声音："垂髫，他在说什么呀？什么你的目光独一无二。从前他认识你吗？我怎么一句也没听懂。"

那个垂髫摊摊手，像是表演给大家看："天地良心，我真的不认识他，我也不知道他在说什么。"

她的样子茫然，二郎腿放了下来，所有的美人再一次哄堂大笑，连工欲善自己都笑得不知再往下讲些什么了。

笑完他感到轻松，真正进入正题。他讲梅兰芳演《贵妃醉酒》，特地让人赶到杭州，要王星记扇庄精制一柄湘妃竹折扇，而印度的泰戈尔看了梅兰芳演的《洛神》，则用毛笔在扇面上写下孟加拉文和英文两种文字，意为：亲爱的，你用我不懂的/语言的面纱，/遮盖着你的容颜，/正像那遥望如同一脉/缥缈的云霞，/被水雾笼罩着的峰峦。他讲评弹艺术中的扇功，武者扇前胸，文者扇掌心，商贾扇肚腹，走卒扇头项；他甚至连潮剧丑角寓庄于谐的扇子功也讲到了；最后他终于讲到了《西厢记》：待月西厢下，迎风户半开，隔墙花影动，疑是玉人来。话即至此，他顺手捡起放在桌上的几把纸扇中的一把，拽开，露出扇面上一片桃花。

热烈的掌声响起。他注意到那个垂髫也鼓掌了，很慢，一下，两下，三下，仿佛一边拍手一边还在沉思那些正在为之鼓掌的内容。

三

　　课后学员们乘大巴回艺校，工欲善站在闻莺馆门口，心想：怎么没见那个人？真是乱花渐欲迷人眼了，就独自朝南面长桥方向走去。

　　柳逢早春，虽是鹅黄新绿，却蓬蓬勃勃，湖岸一抹浓云，生机盎然，间或有鸟声。薄暮五点光景，游人渐少，工欲善从柳下过，清风

[清]吴昌硕 桃花图

吴昌硕(1844—1927),浙江湖州人,篆刻家、书画家,杭州西泠印社首任社长。

徐来，柳丝拂面，桃花未开。他在一张长椅上坐下，从背包里取出那把折扇，慢慢地打开，想：我的扇，还是可以配一配这杨柳岸的晓风残月的。

这把桃花扇，白色素面，乌木扇骨，画面桃花临的吴昌硕。桃枝从扇面左侧横岔向右径直伸去，居中及右上方是两簇桃花。右面是工欲善录的明末女诗人柳如是的西湖八绝句之一：垂杨小院绣帘东，莺阁残枝未思逢。大抵西泠寒食路，桃花得气美人中。

他很喜欢这首诗，用来配了桃花，但还是琢磨不透，何为"桃花得气美人中"，是桃花沾了美人气，还是美人沾了桃花气呢？想到下午那群把瓜子嗑得一地的梨园女子，和那个螳螂一样戴墨镜的姑娘。她有点半生不熟,还有点做作。不过垂髫这个名字好,谁给取的?是艺名吗?听说来自浙东嵊州,这不奇怪,越剧中人大多出自嵊州。工欲善对越剧并不熟稔,私下里对女扮男装的表演样式还有点不屑。他住处不远就有好几个越剧角,每天早上一堆老头老太在这里吊嗓子唱越剧,真叫作"呕哑嘲哳难为听",没想到越剧中还有完全另一种样式之人。一种预感贴上额头,他抬起头就看到了她。

她还是戴着墨镜,银心挽着她,看上去不那么张牙舞爪了。银心说:"工老师,我们一直在等你呢,我们要请教你。"

垂髫挺高,比自己矮不了多少,双手握在胸前,声音急促,不像刚才那样自信了:"工老师，你刚才有些话我没有听明白，为什么扇子在舞台上主要是用来遮蔽的呢？还有，为什么中国扇子在很多时候代表着中国文化的暧昧？特别还有，为什么你说，越剧中的女小生，是介乎于男人与女人之间的第三性呢？"

银心也接上话茬儿说："刚才我和垂髫讨论来着，我说第三性是不是不男不女的意思，她说要是那样的话她要气死了，她不就成了不男不女的人了吗？"

工欲善心一沉，想：真把我的话当回事了。其实刚才那些话也不是非说不可，就含含糊糊地回答："一家之言，一家之言，姑妄听之。"

从银心的表情里他看出她不明白姑妄听之是什么意思，可是垂髫立刻领会了，歪着头颈就由自己说起来:"工老师,这个说法是不能姑妄听之的。扇子如果主要是用来遮挡什么的,表演就要收,就是往里走,许多动作就要重新设计了。"

垂髫突然抽出工欲善手里的扇子,塞给银心,说:"比如这段十八相送,我的梁山伯,银心的祝英台,一路下山,这扇子到底是遮我还是扬我的呢?"

二人忽闪到大柳树后,工欲善还没弄明白怎么回事,二人又绕了出来,载歌载舞一起唱道:"三载同窗情如海,山伯难舍祝英台,相依相伴送下山,又向钱塘道上来。"

青天白日,湖山之间,她们竟旁若无人,工欲善连忙说:"好,好好,唱得好。"

垂髫举着银心手里的扇子问:"工老师,你看英台的扇子,是遮着不让梁山伯看出她是女的,还是暗示他,我就是一个女的呀!银心,你表演下——"

银心就舞唱起来:"书房门前一枝梅,树上鸟儿对打对,喜鹊满树喳喳叫,向你梁兄报喜来。"唱完就停下,看着工欲善。工欲善怔了,拍了两下手说好。垂髫疑惑地看看他,见他没有要往下说的意思,接过扇子,哗的一声展开,突如其来地唱道:"弟兄二人出门来,门前喜鹊成双对,从来喜鹊报喜信,恭喜贤弟一路平安把家归。"她唱最后一句时,双手抚着扇面两角,徐徐地合拢,缓缓地欠下腰身。余音袅袅,恋恋不舍,荡漾湖上,薄暮就这样降临了。

柳浪闻莺的变迁

壹 [宋]

前身为宋孝宗所建聚景园。"园中有会芳殿、瀛春、览园、芳华堂等,花光、瑶津、翠光、桂景、滟碧、凉观、琼芳、彩霞、寒碧等亭,柳浪、学士等桥,叠石为山,重峦窈窕。"宋亡园废。

贰 [元]

此地荒芜不修,后成为侨居或久居杭州的穆斯林的公共墓地,俗称"南园公墓"。

[清]

康熙三十八年（1699）皇帝南巡。意欲恢复旧景，并写"柳浪闻莺"石碑。

[抗日战争时期]

逐渐荒芜，甚至一度成为日军大本营，被划为禁区。

[中华人民共和国成立后]

搬迁坟墓，修缮柳浪闻莺公园，成为欣赏西湖春景的好去处。

周围早已响起一片掌声,围过来一大群人,纷纷叫好。垂髫问:"工老师,你看我这样执扇对不对?"

工欲善真是一句话也说不出来,实际上他从来没有听到过这样的嗓音、这样的腔调,没看到过这样的身姿。他觉得大幕正在徐徐拉开。

他终于指指她的墨镜:"天黑了,你能看到路吗?"

垂髫把墨镜取下,工欲善看到一双这样的眼睛,长圆形的,像杏仁,浓黑,蒙着一团雾。睫毛警惕地抖动,仿佛已经开始为未来哀怨,但又不知哀怨什么。她的眼睛与她身上的其余一切背道而驰,她的神情越坚强有力,她的目光越哀婉无力,她的口气就越真假莫辨。

她朝前一步，靠他很近，像要嗅他。他连忙往后一退，她说："别害怕，我是看你，又不是咬你。"话刚落口，就扑哧一声笑开了："我看不清你。医生说我不能见亮的东西，我可能会变成一个瞎子。"

奇怪的是，她突然用起越剧中的道白腔调来说话，这使她的话更像是在背台词，或者是开一个一本正经的大玩笑，让工欲善不好判断她是不是在寻托词。他简短地噢了一声。

也许也认为自己太夸张了，垂鬈转换话题："我们马上要汇演了，工老师你告诉我，我要演得像一个真正的男人呢，还是演一个像女人一样的男人？"

围观的人越来越多，工欲善抬腿就往前走，

[清]恽寿平　桃花图扇页

一边说："你就演你自己,你想怎么演就怎么演。"

两个姑娘紧紧跟在后面,银心看上去特别高兴,手里甩着工欲善的那把桃花扇,一路说个不停。原来她在县城一直演英台的丫头,这次选到省城参加汇演才升格,和垂髫演对手戏了——十八相送,老师都说她扮相好,唱功也好,很有希望的。她一路说个不停,直到车站,银心突然悻悻然地说:"工老师,你这把桃花扇好漂亮哎!"

话音刚落,垂髫站住了,取过她手里的扇子,凑到鼻前,移上移下地仔细看了一遍,说:"果然是桃花啊!"

直到这时候工欲善才开始相信,垂髫视力

确实有问题。她把扇子递还给工欲善,冷冷地说:"工老师,再见。"

银心嘟一下嘴,不吭声了。工欲善想走,又觉得还应该说些什么,便说:"眼睛不好,还是要去看,不要太不当回事。还有,我不懂戏,可是知道有一种画家,比如凡·高,他想怎么画就怎么画,用不着听别人指教的。"

四

　　小王那头终于沉不住气了。郑杰给工欲善打了一个电话,开门见山便问他有没有感觉。工欲善打哈哈说:"篓里挑花,越挑越花。你这一大堆我挑个什么呀。"郑杰就笑说:"广种薄收不可取也,要抓住重点嘛。你看嵊州来的那个如何?"工欲善心一动就装糊涂,说哪里有嵊州来的啊，我记不得了。郑杰就提高嗓门说："善子你缺乏诚意啊，人家都要请你吃饭了，你还摆架子，很不给我们小王面子嘛，小王也是嵊州人啊。"工欲善一愣，明白了。郑杰又催，工欲善就再说再说地搁了电话，想，原来所谓的请客，也就是一把扇，专门用来遮蔽相亲的。

一会儿电话又来了，是小王的声音，笑嘻嘻地在那头说："工老师，我们这里的姑娘可是非同一般的，外头抢着要呢，我把最好的留给你了。你一点回音也没有，皇帝不急急死太监。"

尽管不是当面听这样的话，工欲善还是觉得不太好意思。小王在那头却伶牙俐齿直奔主题地介绍起来："不用担心夫妻两地分居，这次汇演，尖子本来就要留下的，如果还有家庭关系，那就双保险了。也不要担心职业问题，如果觉得唱戏不合适，不唱就是了，我现在不上舞台不也一样活人嘛。至于相貌，你反正都已经看到了，你要再不满意就说不过去了。脾气嘛就更不用说了，台上演的是丫头，台下也是最温顺的，标准的贤妻良母型。我知道你们这些画画的，上起课来英国法国美国，人体素描一张张画不完，其实骨子里最保守的……"小王呱呱呱地说个不停，工欲善听明白了，她是在说银心啊。

工欲善豁出去了，说："我看你们演员个性也是有点的，那个高个子垂髻就很厉害嘛，还戴一副眼镜，小王你怎么把病人拉来上课了？"

夜归

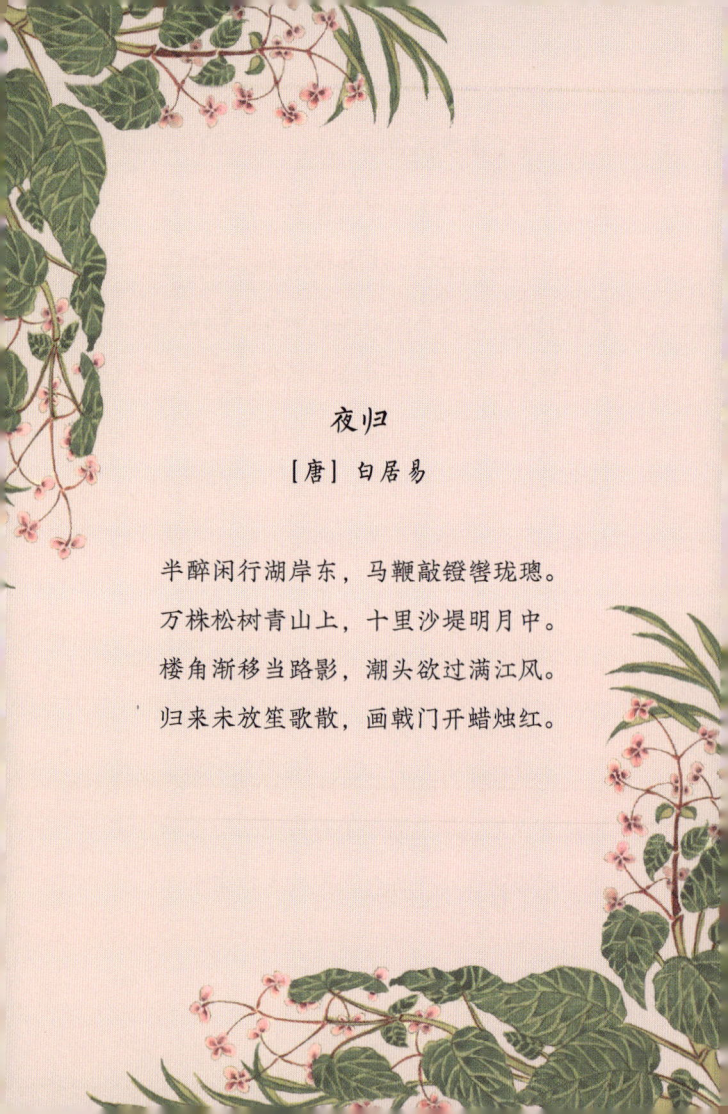

[唐] 白居易

半醉闲行湖岸东,马鞭敲镫辔珑璁。
万株松树青山上,十里沙堤明月中。
楼角渐移当路影,潮头欲过满江风。
归来未放笙歌散,画戟门开蜡烛红。

那边小王突然就沉默了，一会儿说："工老师你看上垂髫了？"工欲善也怔住了，一时无语，等于默认。小王就说："跟你说实话吧，来汇演的姑娘都特别想留下。垂髫想得眼睛都发直了，可这当中最没有希望的就是她。视神经萎缩，什么时候瞎了也难说。她自己还不知道呢，还拉着银心整天雄心万丈地拜师学艺。这件事情我本来不该告诉你，把你们男人的同情心一激发就更麻烦了。可是我要不告诉你就更麻烦。男人见了垂髫没一个不迷的，这姑娘不好相处，真的不好相处。"

工欲善有点尴尬，好像垂髫的脾气已经跟他有关系："噢，已经领教了，当演员的都被观众宠坏了嘛。"小王斩钉截铁地说："不是这么回事，垂髻待人接物都好，就是一上戏就变了个人，魔怔。她自己都知道自己有这个病！这么上不着天下不着地、心比天高命比纸薄的姑娘，我怎么敢介绍给你！要不你以后日子过不下去拿我是问，我找谁去！"

工欲善被小王的话噎住了，小王就乘胜追击，来了一句让他心死之语："再说这个垂髻其实也是有男朋友的，还是从小一块儿长大的呢，在剧团里拉胡琴，就他还吃得消她。"

"你可是什么都知道？"工欲善冲过去一句，小王就抢白："哎呀工欲善先生，我是那一堆里出来的，她们的事情我不知道谁知道。"见工欲善没声音了，口气缓了下来，像煞一位真正的媒婆："我看还是银心吧，银心可喜欢你了呢。

那天她想请你吃饭你不去,她到我这里还哭了一场呢。"

工欲善很吃惊,说:"至于嘛,没么严重吧。请吃饭,又不是请看戏。"

小王立刻就抓住了话柄,说:"这可是你说的啊,这会儿我就请你看戏了。银心托我请你看汇演,票子都准备好了,我让郑杰给你送过来,你可不能言而无信。以后怎么样就看你们发展了。谢天谢地,我还真怕你一句话把我顶回来了呢。"

五

工欲善到底还是去看汇演了,知道垂髫有男朋友,他倒反而坦然。郑杰、小王陪着他,看样子他们是准备要把这个媒人工作进行到底了。有人递过来一张节目单,工欲善发现垂髫和银心并没有出演她们合作的《十八相送》,而是各自演出各自的节目,银心是《黛玉葬花》,

垂鬌是《桑园访妻》。小王凑着他的耳根说竞争激烈啊,每个演员都想把自己的本事亮出来,没大段唱腔可不行,所以各唱各的。郑杰多了一句嘴:"梁祝不也是各唱各的?"小王白他一眼:"你懂什么。两个人在台上,谁做主啊,看谁的啊!又不是以往,是定终身的紧要关头,谁不上心啊!"工欲善也问:"《桑园访妻》是什么,也有大段唱腔吗?"小王悄悄说轻一点,旁边都坐着权威呢,这才又告诉他们二位,因为银心要唱《黛玉葬花》,垂鬌没人配戏,这才定的《桑园访妻》。工欲善忍不住又问:"她不是眼睛不行了吗?"小王认真看了他一眼,说:"反正也就是演一演,不掉下舞台就算上上大吉了。"

郑杰一听，说那也太残酷了，还不如别让她演呢。小王说："她又不知道，谁会告诉她这个，那还不等于杀了她。她还自以为非她莫属呢。"工欲善突然插了一句嘴："那也未必。"小王盯着他问："你怎么知道，你和她有联系？"工欲善说："不都是你告诉我的。她只能活在舞台上，别无出路。她那么敏感自负的一个人，能不多疑？"

小王奇怪地看着工欲善，对郑杰说："垂髫这点脾气，真还让他说准了。"

郑杰盯着舞台："他是在说他自己呢，当然一说一个准。行了，天命之属，何复言之。看戏。"

大家一时无语，丝竹檀板却响起来，大幕

拉开了。

工欲善过去对越剧并没有什么太多了解，所幸幕侧有字幕，倒也看进去了。银心排在第七位，是个巧数。丝竹起先声夺人，幕后就响起了林黛玉悲悲切切的葬花声："绕绿堤，拂柳丝，穿过花径，听何处，哀怨笛，风送声声？人说道，大观园，四季如春，我眼中，却只是，一座愁城……"

银心出场了，掌声就响起来，一个浓妆艳抹的林黛玉出现在工欲善面前。工欲善一下子不认识她了，她那一身古装仕女的打扮让她变成了另外一个女人。樱桃樊素口，杨柳小蛮腰，在那么短的时间里让自己瘦下来，也真够她受

[清]费丹旭　十二金钗图册　黛玉葬花

的。小王耳语告诉二位越剧盲，银心新学的王派，唱得很像。她原本是袁派，袁派竞争太激烈了，才转的王派。工欲善一边听戏一边想，垂髫是什么派呢？耳边就不断听到戏迷们在欢呼捧场。"……看风过处，落红成阵，牡丹谢，芍药怕，海棠惊，杨柳带愁，桃花含恨，这花朵儿与人一般受逼凌，我一寸芳心谁共鸣，七条琴弦谁知音……"

看银心在台上一招一式，听她一腔一声，工欲善很惊讶。同一个人，舞台上下真是判若两人，用光彩夺目形容她是一点也不过分的。"……侬今葬花人笑痴，他年葬侬知是谁？一朝春尽红颜老，花落人亡两不知……"热烈的掌声响起，银心唱完了，从林黛玉回到了银心，比别人多谢了一次幕。献花的人很多,她激动而羞怯地鼓掌,目光寻来寻去,终于找到前排坐着的工欲善一行,不易察觉地向他们做了一个表达胜利的V形手势。小王用手肘顶顶工欲善,兴奋地问:"还行吧?"工欲善点头说:"很好,很好……"他的确觉得很好。

又过了几个演员的唱段,垂髫的《桑园访妻》上场了。因为有了小王的扫盲,工欲善这才知道,垂髫唱的是《桑园访妻》里面的那个何文秀,讲一个落难书生的人生遭遇。舞台上干干净净,垂髫的何文秀一出场,工欲善就认出来了,垂髫就是垂髫,哪怕她已经反串一个男人,她还是她。不过她又不仅仅是她了,这是一件奇怪的事情,工欲善想,垂髫又是舞台上的人,又是舞台下的人,又是垂髫,又是何文秀,又是女人,又是男人。她穿着一袭天青长衫,手持一把扇子,从侧幕出场。但在工欲善看来,垂髫好像是从一个神秘的谁也不曾去过的地方显现,她唱着最人间的世俗生活,但她自己好像并不是红尘中人。

路遇大姐得音讯,九里桑园访兰英。
行过三里桃花渡,走过六里杏花村,
七宝凉亭来穿过,九里桑园面前呈。
但见那边围竹篱,中间一对木头门,
用手上前推一推,为什么青天白日门关紧?
听得内边无声响,不见娘子枉费心!

《何文秀宝卷》中的人物图

《何文秀》为越剧传统剧目,取材于明传奇《何文秀玉钗记》,20世纪40年代由陶贤改编为越剧。"桑园访妻""哭牌算命""除奸团圆"为其中著名选段。

和银心葬花不一样的是，看垂髫，大家不说话也不叫好，都屏住了呼吸，整个舞台就垂髫一个人，灯光啊，布景啊，丝竹啊，服装道具啊，满台都仿佛是为了她才静候在此的。工欲善甚至找不出什么词来评价垂髫了。舞台一下子变得很深很大，不知道伸向哪里。垂髫的出神入化，也已经出神入化到外面去了。那份自由，顺手拈来妙手天成的洒脱，几乎把人们吓住了。她在演唱，但好像观众们已经消失，她把扇子舞得天花乱坠，有几次跑圆场，贴着台边擦过，好像要跑到台下去了。然后她渐渐地回来了，回到台中，仿佛大梦初醒，看到了众生，她开始有些调皮和幽默：

……

屋旁还有纸窗在,我隔窗向内看分明。

啊呀,窗口高来看不见,

有了,垫块石头就看得清。

文秀举目向内望,只见一间小草房,

小小香台朝上摆,破木交椅分两旁,

三支清香炉中插,荤素菜肴桌上放。

……

直到这时候,工欲善才开始端详起垂髫的扮相,但很快他就被垂髫演唱中的细节趣味打动了:

……

第一碗白鲞红炖天堂肉，

第二碗油煎鱼儿扑鼻香，

第三碗香蕈蘑菇炖豆腐，

第四碗白菜香干炒千张，

第五碗酱烧胡桃浓又浓，

第六碗酱油花椒醉花生，

白饭一碗酒一杯，桌上筷子有一双，

啊呀，看起来果然为我做三周年，

感谢你娘子情义长。

最后一句进入清唱，唱腔突然大大地放慢，和前面的叙述完全不一样了，从叙事进入了抒情，恋恋情怀中带着惆怅的伤感和念想，还有一点点的委屈，像是要暗示人们，磨难的痕迹只有在倾诉和感谢中才能化解。随着长调的铺开，垂髫把扇面合起，双手捧起像一炷香，高高举过头顶，然后深深地缓缓地长鞠，柔肠百转，余音绕梁，很久才慢慢地抬起头来。掌声这时才响起，她茫然地站着，双手下垂，肩耸了起来，扇柄低低地垂在手中。

工欲善看看小王，他心里明白极了，没人能和垂髫比，别人在戏里面，垂髫从戏里面溢出到外面。但他不知道自己的感受和行家们的评价能不能够吻合。小王却没有再理睬身旁两个男人，缓缓地拍着手，说："我演过多少场《访妻》！"郑杰说："俱往矣，数风流人物，还看垂髫。"小王突然咬牙切齿地尖叫一声："郑杰你给我闭嘴!"郑杰一怔,朝工欲善一吐舌头,不说话了。

小王带着两个男人去了后台,工欲善深一脚浅一脚的,算是亲历了一幕之隔的世界。乱糟糟的后台,电线啦道具啦各色人等的喧闹啦,像二十世纪三十年代的黑白老影片。日光灯下,演员们差不多卸完妆了,化妆室里散落着各种花篮。银心早就准备好了,一副整装待发的模样,看到工欲善,很害羞的样子。工欲善夸了她几句,说:"我真没想到越剧那么好听好看。"银心的眼睛一下子亮了,按着胸口说:"工老师你喜欢越剧啊,你喜欢,我真开心死了。"那样子就一点也不像黛玉了。小王顺势接口说:"以后银心记得常请工老师看戏啊。"又说,"这次原谅你们两个男人了,本来不送花篮,送一束花总还是要的。"抬头一看,工欲善已经走过她们身边,朝最里面那张化妆台去了。

垂髫人埋在暗处,镜子就显得更亮了。她卸妆的动作很狠,一下一下地擦脸,像给自己的脸上刑罚,头发垂下来,很憔悴的样子,从镜子里看到工欲善,也没有表情。工欲善站了一会儿,才说:"你好。"垂髫冷冷回答:"你好。"声音听上去像电影里的女特务。工欲善又说:"你那把扇子也舞得好。"垂髫又说:"谢谢。"工欲善拉过旁边一张凳子,坐下,又说:"你的确是个天才。"垂髫冷静地回答:"我知道。我是天才。"又擦了一会儿脸,松了口气,双肩耷下，长脖子一歪，双手垂在了化妆台上。

工欲善望着镜子里那个刚刚露出本来面目的容颜，苍白的面色，消瘦的面颊，乌黑瞳仁掺着水泥白，嘴形端庄，鼻梁很挺，是一张富有生气的挺拔的脸，只是杏仁眼眼梢微微有一点点下垂，连带着她的脖子也微微倾斜。他突然想起来了，垂鬓像意大利画家莫迪利亚尼笔下的女性肖像。

她好像已经知道自己冲撞了对方，声音放软了："我每一次演出完都这个样子，不管在哪里演出，只要戏一结束，坐回化妆台，我就这副样子。我师父说我演戏用力太狠了，平静不下来。我知道那都是心潮的缘故。心潮澎湃，好久才能平息，每次都是这样，有时欣喜若狂，

[清]佚名　刺绣扇套

有时出口伤人。现在大家都不敢和我多说话，连银心也不敢。我知道怎么回事，工老师你走吧……"

她说着说着，口气就又有些像说台词了。工欲善听到了她的艰难的鼻息，连忙站起来，说："我走，我走。"转过身去，走了两步，又回过头来，从外衣内侧口袋里掏出那把扇子，说："也没带什么祝贺你们演出的礼物，这把扇子就送给你吧，是我自己画的，做个纪念。再见。"

银心他们几个一直在剧场门口等着工欲善。不知道为什么，工欲善有点心虚，好在银心没心没肺，沉浸在她自己的喜悦当中。他们一起去吃了夜宵，又送银心到住宿地。银心一路都在说刚刚演出时的那些她自己认为的险象环生，以及她又是如何化险为夷的，到了目的地仍意犹未尽，专门留了宿舍电话给工欲善。回家时工欲善和郑杰夫妇同行了一段路，小王一声也不吭。告别时，工欲善说了一声谢谢，小王才说："千万别谢我们，你自己把握好啊。"

工欲善双手插在口袋里，吹着口哨，漫无目标，一个人横横竖竖地在路灯下走。快到家了，侧脸一看，扇庄门口直冲出去的湖畔老柳树旁，一束路灯的强光下，立着一株桃树，花开得如火如荼，就像舞台上的布景。

六

工欲善关了扇庄的门，摩拳擦掌，他决定考研究生了。这个问题他其实犹豫了很久。一来扇庄经营得相当不错，来找他画扇面的人越来越多，甚至在海外他都开始拥有一定的知名度；二来全家人都去了上海，就他一人留守杭州。他要考，却只有考到北京，考母校就没什么意思了，此处不留爷自有留爷处，谁让你当初不选我。可是离开杭州，这柳洲扇庄也就彻底关门大吉。回过头想，门对西湖，屋藏柳浪，夜夜闻莺，人生如此，焉复何求？

可是快毕业那会儿他不是那么想的，与郑杰竞争最激烈的日子，他有许多计划，考研、考博、目标成为国画大师。败北后一挫再挫，不过数度光阴，他自己也不明白，这种得过且过小安即福的习惯怎么会落到他身上。这几年，美院所在的南山路上，一路开了许多类似柳洲扇庄这样的小店。他工欲善活在世上，莫非就为了再增加一个？这么想着，他吓得一跃而起，赶紧去收拾旧时功课，一边整理书籍一边嘴里一句两句地乱哼着什么，突然意识到他是在哼垂髫的《桑园访妻》，他只敢对自己承认：这个半瞎的姑娘，是促使他下定决心的原因。他把桃花扇送给了她，也算是表达过心意了。他认定他们是同一种人，是大街上走来走去的人中的罕见之辈，他们惺惺相惜实属天意，桃花美人相得益彰。有人急促地敲门，他头也不抬："关门不营业了。"

门外是银心的声音："工老师你有没有看到垂髫？"

见工欲善出来一脸惊愕的样子，银心才告诉他，垂髫不见了。从前日夜里演完戏就没见她回宿舍，老师同学都在找她。工欲善心里也一惊，说别着急，这么一个大活人也不会迷路，总会回来的。银心说："啊呀！工老师你知道什

[清]恽寿平　摹古图册(十开)之四　春风图

么呀,垂髻得的眼病很厉害,以后上不了台了。"工欲善胸口就嗡的一声,胀了起来,瞪着银心,问:"她不是早有思想准备的吗?"银心摇摇手:"那是她害怕,挂在嘴上说说壮胆。大家都以为她得的眼病会好,她老说自己瞎啊瞎的,人家都说那是给她自己咒出来的。"

工欲善也没听说过这个病:"瞎不瞎的要听医生的,你们乱猜什么。"

银心看了看工欲善,迟疑地问:"工老师,王老师没透露给你?"见工欲善真不知道的表情,银心才告诉他,学员当中留在省城的人已经基本内定了,有银心和另外几个学员,没有垂髻。其实大家都知道垂髻是她们当中最出色的,垂髻也以为只要自己表现特别出色,看在人才难得的份上,还会留下她。谁知道哪个单位也不愿留下个有可能变瞎的人,哪怕她是梅兰芳转世。

那天晚上的汇演,对银心是胜券在握时的庆贺,对垂髫则是告别舞台时的谢幕。他的心也紧起来,问:"我才认识她几天?你们一个地方出来的,应该是你最清楚,你说她会怎么样?"

"我不知道她会怎么样,我从小跟她一块儿长大,可是我隔几天不跟她见面,再见面就觉得她陌生。工老师,你说她会不会去死?"银心眼泪就出来了。

工欲善没让银心进扇庄,他送她到南山路,

陪着银心，安慰了她一会儿，说一个人要死也不是那么容易的，你们再去找找她，有什么消息就告诉我。银心睁大着眼睛有些迷茫地说："工老师你怎么不激动啊，我以为你会很激动呢，我那天晚上看到你把扇子送给垂髫了……"

工欲善没有这个思想准备，一下子就尴尬起来，说："也不是什么稀罕东西……"

"可是我都不敢开口向你要呢，垂髫干什么都那么容易，连想死都那么容易！"银心最后的那句话甚至有些愤愤不平了。

工欲善把银心送上出租车，还替她预先付了车费，看着车远去了，回转身来，腰一弹，直了，突然就明白他为什么始终没有被银心激

[清]王武　画花卉册　清江花柳

得乱了方寸——垂髫就站在离他不远的十步之内，背着一个旅行袋，一头乱发挂下来，遮住她的小脸，后面松松地绾着一把，过了肩背。她不戴眼镜了，就那么直直地认真地看着他。工欲善知道，这正是他期待中的注定就要降临的那个人。

她走上前来，神情正像那些在校园里走来走去的青涩的女生，离他一步之遥，她站住了，得意地说："我把你认出来了。今天我的视力还不错。"

工欲善说："你可不能和人这样捉迷藏啊！"

垂髫抚着脸妩媚地笑了起来，身条弯成一段美妙的曲线："呵呵，银心她们是不是找疯了？"

她这么说话实在是自私,不过她好像并不知道。她浑然不觉地沉浸在自己状态中的神情,不知怎么的让工欲善很感动。垂髫有一种另类的天真。

工欲善问她:"你来干什么?"他的目光里都是笑意,整个人一下子就松了。垂髫举起手说:"我是来物归原主的。"她举着的正是那把桃花扇。"我要走了,晚上有车来接我回家。我一上午都在处理要走前的事情,这是最后一件了。"

工欲善真是猝不及防,脱口说:"怎么,我的礼物不适合天才艺术家吗?"

垂髫直截了当地回答:"不适合。工老师的这把桃花扇是在西湖边用用的,照工老师的理论，是用来遮蔽的，我回去的地方不用遮蔽。再说很快我也不用什么东西来遮蔽自己了，我自己就可以把自己遮蔽得暗无天日。"

工欲善心一沉："没那么严重吧。我现在没事了，你想到哪里去走走，我陪你。"

垂髫头就低下了，轻轻摇晃了一下身体，发梢飘扬起来。工欲善突然有一种想紧紧拥抱她的冲动，他甚至发现自己发起抖来。他不得不握住自己的手掌，声音颤抖起来，说："湖边桃花开了……"

他还想再说下去，垂髫就朝前走了，飞快地贴着地面滑行，像舞台上跑圆场，边走边哽咽着说："医生说我是不能哭的，也不能激动的，这对眼睛很不好。我要平静，平静，要平

[清]董邦达 西湖十景图册 柳浪闻莺

柳浪聞鶯
那論清波及漾金
春來樹樹綠
陰深間關嚶嚶
供清聽還似年
時步上林

静……"惊讶的人流在她面前分开，好像她是一条劈波斩浪的人鱼，工欲善跟在她后面，心无旁骛地穿过了如织游人，两人一下子就掉进一片光辉灿烂之中。

阳春的下午，湖水泛着白光，柳群汹涌澎湃绵延不绝，桃花锦簇，喷发出耀眼的红光与白光，人群如梦境，移动喧哗，但没有声音。工欲善隐隐约约地感觉到，凡是垂髫出现的地方就变成舞台……那么想着，他被她抱住了，她把头拱在他怀里，如泣如诉："怎么办呢，老师我怎么办呢？我是不能哭的，有什么办法让我不哭呢……"

工欲善一点想法也没有，他捧起她的面容，垂髫哆嗦哽咽了一下就不再哭了。他们靠着那株重瓣桃树，闭上双眼，光天化日下惊世骇俗地专心致志地狂吻起来。身边走来走去各色人等，有的好奇地看他们一会儿，有的起哄，桃花瓣飘到了他们的肩头，贴着他们的背，又滑落到地上。群莺乱啼，湖畔草地浓浓地发起酵来，一股股草香花香绕着他们，狂欢骤然降临，此前的绝望不过是前奏而已。

七

垂髫斜靠在藤椅上，一只手撑着脑袋，一只手握着扇子，她的这种形态是很放松的，甚至有一种天然的挑逗。工欲善坐在她对面靠柜台的高脚凳上。

工欲善的扇庄前店比较大，落地玻璃门，进门是开放型的柜台。周围墙壁上布置着各式扇面，以杭扇为主。对面墙上是一把比伞还大的黑纸扇，打开挂着，上写四个大字：柳洲扇庄。

垂髫一进门就问："为什么你这里叫柳洲扇庄啊？"工欲善大惊喜："你能看到？"垂髫说："一时好一时坏，高兴了就充电，充电了就好。我还看到你门前有株大柳树呢。柳树旁边是街，街对面就是西湖，是不是？我还看到桃花了呢，今天我真是好多了。你这儿扇子可真多。"她自己就坐到墙边藤椅上去了，深深地松了一口气："你这儿真让人舒服！"

工欲善关上店门，世界安静下来。大柳树一头新发爆炸，像个街头的时尚青年，招摇在外，春光透过大玻璃窗，把暖意披到他们身上。

长桥不长

西湖三绝之一。西湖南面有一座长不足5米的小桥,即"长桥",据说此桥旁原有一座亭子,就是梁祝相送的十里长亭,因此"长桥"也被称为西湖三大情人桥之一。关于长桥的来源,有说法称梁祝情深意笃,十八相送,正可谓"路长桥不长"。其实长桥原来确实有千米长,只是随着湖面不断缩小,桥也就越修越短了。

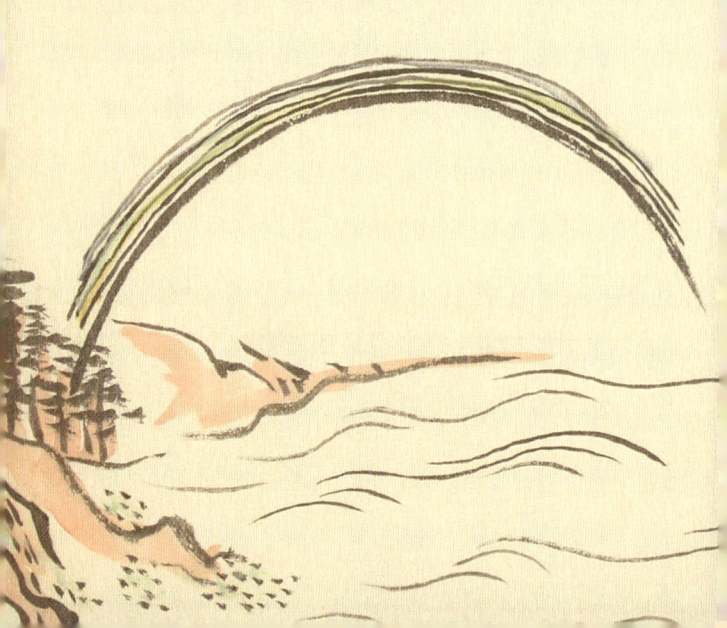

垂髫脸侧挂下来一帘黑发，脸红红的，两团黑目雾蒙蒙。工欲善开始不好意思，激情好像提前用过了，现在又重新回到程序上来，仿佛刚才湖畔一幕未曾发生。

他们聊得很好，工欲善告诉垂髫，这个地方离柳浪闻莺不远，古代名作柳洲，他家几代居住此处。他父亲是做扇子的，他父亲的父亲也是做扇子的，他父亲的父亲的父亲，还是做扇子的。工欲善说着说着自己笑起来："也许是做扇子做成精了吧，我爸爸给我取了这么个名字。其实我还真是姓龚，可我爸爸把我改成工了，改成了工才能叫工欲善啊，工欲善其事，必先利其器啊，一把杭扇八十几道工序呢。能解出我这名字的人还真不多，你算一个，所以桃花扇送你实至名归。"

垂髫听到这里就热闹起来，拍着手惊呼他们是多么接近。她妈妈是唱越剧的，她妈妈的妈妈是唱越剧的，她妈妈的妈妈的妈妈，是唱落地唱书的。"落地唱书有了，小歌班也有了：小歌班，吊脚班，男人看得懒出畈，女人看得懒烧饭，自格小囡忘记还。落地唱书花样也很多的，嚣板，导板，哭调，流水，二凡，三凡；小开门，笑和尚，八板，游板，朝天子，寿筵开，水龙吟，点绛唇，风入松，急三枪。柳青娘，哭皇天……现在几乎没有人会唱落地唱书了，我也会唱的，外婆教我的：太阳菩萨西边升，东洋大海起灰尘。雄鸡生蛋孵猢狲，黄狗出角变麒麟。鲤鱼游过泰山顶，剖开白鲞会还魂。冷饭出芽叶转青，扫帚柄里出毛笋。六月河水会结冰，抓把砻糠好搓绳……"

垂髫斜靠在藤椅上，一手敲打着扇子击拍，出神地唱着。她表达的东西是极其质朴的，同时又带着鲜明的野气，既迷人又令人不安……工欲善深刻地意识到，这姑娘身上有着和这里的一切不协调的，甚至格格不入的地方。一个揪心的问题摄住了他——接下去怎么办？

他心烦意乱地攒起眉头——这个念头的诞生本身就令人生厌，这根本就不是一对刚刚在柳绿桃红中狂吻的红男绿女应该产生的问题。骤然急转的事态使他对自己失去判断，一个声音告诉他，要负责，要负责，可是他不知道怎么样既可以爱又可以负责，他只好站起来说他

越剧

越剧发源于浙江嵊县（今嵊州市），曾称小歌班、的笃班、绍兴文戏、嵊剧等，前身是19世纪后半叶在嵊县一带流行的说唱艺术"落地唱书"。1925年9月17日，上海《申报》演出广告中首次以"越剧"称此剧种。1938年起，多数戏剧班、剧团称"越剧"。《中国越剧大典》记载的越剧代表性优秀剧目共有375个，如《梁山伯与祝英台》《何文秀》《碧玉簪》《追鱼》《情探》《五女拜寿》《荆钗记》等。越剧名家同样数不胜数，有袁雪芬、尹桂芳、范瑞娟、傅全香、徐玉兰等。

的扇子："……你瞧，这是羽扇，春秋战国时就有；这是纨扇，也就是团扇，竹木为骨，丝绢糊成，西汉那会儿就有了。现在我让你看折扇了，这种北宋流行在民间的折扇，元代还属于市民，直到明代成祖喜欢，清代开始大流行。噢，你在看什么？你手里拿着的这把就叫瞧郎扇……"

垂髫拿起那把瞧郎扇，遮住面孔，朝他说话的方向："隔扇羞窥意中人……你上课时说的……可是我看不清楚……你为什么不说说别的？"她若有所思地问。春天的薄暮来得很快，浓影开始出现了。

他便吞吞吐吐地问："我是不是应该先跟银心她们说一声你在这里？"

垂髫一下子打开扇面，哗啦一声，动作莽撞，故意强调地问："你说呢?"

工欲善迟疑了一下："那好，我给银心打电话，告诉她不用找你了，我会送你回去的。"

垂髫只是轻轻地摇晃了一下，就又斜靠了回去，脸上露出了惊讶的、讥讽的神情，她这样的表情都不是这个年龄段的姑娘应该有的，这表明她心情很复杂。她想了片刻，说："你让我先打一个电话。"

电话就在旁边的茶几上，她拨电话时就像不是用手而是用鼻子，眼睛凑得很近，仿佛她不是渐渐地，而是措手不及就跌入昏暗的。工欲善听到她在通知对方，马上到柳浪闻莺旁边的柳洲扇庄门口来接她。工欲善提到喉口的那颗心就迅速地掉下去，直至找不到的深处。垂髫放下电话，又靠回去，她的面容发白，神情严肃，目光专注在两只手上。

工欲善被一种抛弃的感觉摄住了，这使他恐惧，他又开始感受到天外袭来的激情，他抓住她的肩膀，结结巴巴地说："垂髫，我不能乘人之危……"

垂髫像赶蚊子似的在他面前狠狠地一甩手，说："你为什么不问问我怎么会得这个病！"也不等他回答，又说，"我们到山里去演出，太累，我从台上摔下来，一个扩音机砸到我头上了，眼睛砸坏了，就这样。"

她看到他松了手，很愕然的样子，高兴起来，好像折磨人能够让她轻松。她走来走去，

[宋]佚名　团扇面　西湖春晓图

一副狂躁的样子，说："知道我刚才跟谁打电话？我的男朋友，青梅竹马，我们吵翻了。他不让我到省城来，说演戏对我的眼睛没好处。那时候我就知道我的眼睛出问题了。我一上台他就紧张，就拉不成调。可我就是不去看病，迟一天是一天，反正人都是要死的。我就是不去看病，我就是要到省里来，让天下人见识见识我……你们这些人懂什么？我还没出生就在舞台上了，我妈怀着我演的《柳毅传书》。我爸嘛，跟人跑了。"

她站住了，盯着窗外亮光射来的地方："一个快瞎的人，垂死挣扎。没顶之灾了，还想捞救命稻草。你是不是觉得我很做作！"

工欲善一直听她讲，又伸出手来。这是一

个捞救命稻草的动作，垂髫一把推开了他："跟我说说你自己，别再跟我说扇子。"她一下子又坐进了藤椅。

工欲善走到门前，打亮了灯："我的父母都是传统的工艺师，他们管教我很严。我很小就做学徒了，没有青梅竹马。"他想起了什么，竟然微笑起来："其实我也不是没有尝试过。我大三的时候和一个女生有过接触，大家都认为她很有气质。可是她后来不愿意和我来往了。原因很简单，她说我每次上课都拿一个小塑料口袋，口袋里面放一块抹布，把桌椅擦干净才肯坐下，她说这样做很小气。其实对我来说，这不过是习惯。我从小跟着父母学画扇，没有清洁的习惯是不行的。"

看到垂髫的情绪渐渐平复,他再一次尝试:"可不可以先跟银心她们打个招呼?也许她们还在到处找你呢。"

对这个建议垂髫不像刚才那样反应激烈了:"你想做什么就做什么,不过要等我走以后。不要把难题扔给她们了,她们正愁着不知道拿我怎么办才好呢。"

这话说得那么老于世故,有穿透力,让工欲善无话可说。他又换一种角度:"可是你还是应该到医院去看看的,我可以陪你去。"

她站了起来:"有人会陪我去的,你算什么?"

工欲善一下子冲上去,拦腰抱住了她,他紧紧咬住自己嘴唇,怕自己会把那句话——留下吧我爱你——说出口。可是要他松开手,他又舍不得,他从来没有那样的感受:心一粒粒地碎了下来,流到了全身的血管里。

她在他怀里停留了片刻,然后果断地推开:"你不是梁山伯!"

她的大开大阖的行事风格,让工欲善惊奇,这样的惊奇甚至压倒了他的潮水般涌上来的爱意。

她说:"你不会为我吐血死的。"接着她背起背包,却一头撞到门上。她哗啦哗啦地拉门,工欲善连忙去帮她,只来得及把桃花扇塞进她的行囊。

人影绰约的夜西湖,几分暧昧,桃柳无言,滚滚红尘装聋作哑。

八

工欲善的考研复习，只能说是聊胜于无，他犹豫很久才复燃的热情突然退潮。在此期间，他与垂髫没有任何接触。所有关于垂髫的消息，都是从银心那里来的。银心回家了一趟，属于衣锦还乡，家里为她摆好庆功宴，小姐妹们都去了，垂髫自然不会去的，是妒忌吗？不知道，也许是，她一向就是红花，不知道怎么样当绿叶，而且现在她连绿叶也当不成了。她不见了，听说到北方一所盲校学推拿去了。没有人知道是什么学校，琴师陪她一起去的。工欲善问他们怎么样，银心笑了，说："鬼鬼祟祟！什么怎么样，他们当然住在一起，他们早就在一起了。没到省城来集训的时候他们就住在一起，垂髾让琴师走，琴师就走了。后来垂髾让琴师回来，琴师就又回来了。如果垂髾说一起去死，琴师肯定去。你还想知道什么，垂髾的事情我知道得很多，你想知道什么？"

　　银心果然就是那种没有脾气的好女人。她给他洗衣服，做饭，给他料理扇庄一切杂务。只要她有空，她自然而然地就绕着工欲善转。

她在剧团里跑龙套，一切都越来越像小王。工欲善表现出了明显的不耐烦，请她不要这样，他不习惯莫名其妙地让人伺候。银心说怎么是莫名其妙呢，不是一清二楚的事情吗？工欲善知道自己算是被缠住了，不下点狠的不行，说："我不喜欢这种关系！"银心圆圆的脸发怔，越看越扁，问："什么关系，工老师？"工欲善不得不说得更加透彻，说："就是这样，我工作，你在旁边磨蹭，在我眼前晃来晃去。"银心不但没有哭，反而笑了，说："真对不起，生就的丫头命，以后我干活尽量不影响你。"说着就走了。

下一次再来的时候她依然故我，旁边还多了一个撑腰的小王。"你看看这是什么？"她拿

问水亭

[明]王思任

我来一清步,犹未拾寒烟。
灯外兼星外,沙边更槛边。
孤山供好月,高雁语空天。
辛苦西湖水,人还即熟眠。

出一本相册,"你不想看?这是我的影集,有我们好多剧照。你看垂髫的剧照,这是她的贾宝玉、沙漠王子,这是她的梁山伯、许仙、何文秀……"她突然睁大眼睛,像一个街谈巷议的行家里手:"工老师,说出来你也不相信吧,琴师又被垂髫赶回来了。"

小王就趁势接上话头——原来这一回垂髫是在遥远的北方大放异彩。她在一个著名的推拿中心学习技艺,在那个硬朗的城市,她用她那吴侬软语的风神秀骨征服了一群七尺男儿,这本不是一件预料之外的事情。然而她公然声称自己爱上了一个盲人,此人身价千万,推拿中心只是他事业的一小部分罢了。盲人的妻子并不盲,在那个城市他们本是光荣的象征、道德的楷模。现在完了,妻子每天和丈夫大打出手。最后丈夫烦了,带着垂髫不知道跑到哪里去了……

工欲善听得目瞪口呆,为了自己说服自己,打肿脸充胖子,说:"那是,现在的女孩子,谁不爱钱?"他的反应立刻给小王反弹回去,她准确地告诉工欲善,垂髫没有钱的概念,但她需要舞台,她需要有人听她唱戏。而那盲人有吴侬软语的情结,他需要她的歌唱,他为她包场,并对她不遗余力地歌颂。他还把所有的推拿技术毫无保留地教给她。而她,则把她所有的热情和浪漫奉献给他。她就是这样一个人,她不风骚,然而她风流,因此她现在可以说是把那个遥远的北方中等城市搅得风起云涌。这当然对她的眼睛很不利，在这方面她是破罐子破摔，她那双眼睛再要起死回生，难于上青天。

琴师不得不默默无闻地回来。他不像盲人的妻子那样声嘶力竭，他帮她料理好了一切就走了。临走时他交代垂髫，什么时候混不下去了，就回嵊州老家，他在那里等她，为她托着生活。是的，就是托着生活，琴师的原话就是这样。他回到家乡，开了一家推拿室，只有一个门面那么大，跟工欲善的扇庄差不多。"他把自己沿街房子的那面墙推倒做店面，没人去，因为没有推拿师。垂髫真是前世作孽啊！"小王结束了一段饭后茶余的谈资，拍拍银心的肩膀，走了。

小王的叙述让工欲善自惭形秽，他一笔笔

地在扇面上描着花卉，这些订货又耗费了他许多的精力。他想，他竟然还以为自己在垂暮的感情生活中是独一无二的，甚至她的杳无音信也是一种音信，这有多么可笑。事实上她早就抛开，或者说从来就没有留恋过路上的风景，毫不犹豫地直奔主题了。

工欲善想象着未曾谋面的琴师是如何虚席以待的，他守株待兔，孤注一掷，每天傍晚，是如何在门口拉琴的，他拉的是什么呢？

银心的一双胖胖的白净的手从后面绕上来了，搂住他的脖子，把面颊贴在他脸上，好像他是孩子。她这样对他说："我早就知道了，你们是不一样的人。"

工欲善放下笔，想，如果我们是不一样的

人，为什么我会为她心碎。他闭上眼睛，听到他的心一粒粒跌裂的声音。

然后小王拎着郑杰又来了。他惊诧小王的保密功夫，直到这时候，他才知道，银心是小王的表妹。她们那么相像原来不是没有来由的。她挺着脖子，两个耳坠晃个不停，拍打着工欲善的肩说："你现在可不能再三心二意了，要是欺侮我表妹我可跟你没完哦。"郑杰拍他另外一个肩膀，说："攀你这门亲，我可真不容易啊，你算算我的精神压力费。"

工欲善表现出了空前的软弱，他勉强说："郑杰，你知道，我准备考中央美院的研究生，我这个扇庄开不开得下去还说不准。"郑杰摇手不让他说:"你考啊你考啊,你考上我才高兴呢,你的工笔画也是一绝。你考上我更不欠你了。谁说考研就不能讨老婆了。再说你考上去北京,银心帮你卖扇子,你们不要太潇洒噢!"

"我潇洒什么我,现在姑娘都开始傍大款了,我这么个一扇门的铺面,就是混口饭吃。搞不懂你们为什么吃准我。"

小王上阵:"善子你有自知之明这很好(她立刻就不叫他工老师了),还真让你说准了,她们这帮姑娘演出,每天晚上大款的宝马都在剧院门口等着。已经有好几个就那么被接走了。"

工欲善说:"银心愿意,也那么让宝马接走吧!"

银心就打一下工欲善的背:"讨厌!"

郑杰正色说:"工欲善你真的很讨厌!你不说真话,你永远拿把扇子在前面挡来挡去。现在你给我把扇子放下,你说一句心里话,眼看银心让那些家伙包了去当了金丝鸟,你真舍得?"

工欲善看看银心,他好像是第一次看舞台下的银心。银心非常白,像西式点心店一种特制蛋糕。工欲善心一动,愣了片刻,说:"真还舍不得。"

银心的眼泪一下子就下来了。

为了庆祝大功告成,表姐妹请他们看越剧《五女拜寿》,银心扮演五姐妹中的那对双胞胎之一。她根本没有什么独唱的机会,一会儿上去了一会儿下来了，埋在满台的花团锦簇当中，工欲善好几次认不出来。他想，以后不看这样的戏也就罢了。

那天晚上银心就留在了柳洲扇庄，工欲善已经进入"王老五"系列，谁都觉得他应该把银心留下来。就他自己而言，在经历过垂髫之后，再坚持等待什么就没有什么意义了。银心也罢金心也罢，能够不添麻烦，就够可以了。

银心热情地投入建设小家庭的奋斗之中，演戏倒成了她的副业。她越来越有主动权了，工欲善的日常生活基本都由她掌控，她总是在他面前晃来晃去。只有晚饭之后的散步，工欲善才有一段时间的空隙。银心一边看电视一边轻松地说:"好了,老公,批准你透一个钟头的气。"工欲善非常厌烦这个"老公"的称呼,一副小市民腔调,但是他已经不像从前那样直截了当表示他的不满了,他只能笑着说:"哎哎哎,还没登记,还不算老公啊。"

银心回答工欲善也很爽快:"是工欲善的工,老工,不是老公。你晚上还去学外语吧?"

初秋傍晚,工欲善每天散步到闻莺馆附近,一开始远远地就绕开了,之后慢慢地试着走近,终于也可以路过那里了。渐渐习惯后,开始天天在此徜徉,在桃柳之间的那张木条凳上闲坐休息。他出来散步之时,往往是游人倦归之际,那张木凳上几乎很少有人。有一天下着小雨,天气微凉,工欲善撑伞缓缓而行,听到一声儿

钱王祠牌坊　吴国方　摄于2002年

钱王祠始建于北宋熙宁十年(1077),是后人为纪念吴越国钱王功绩而建。

乎凄厉同时又极婉转的莺啼,他一下子顿住了。他看到柳条的微摆中,落红纷纷,湖上一边昏黄,缥缥缈缈地传来长调之声,熟悉的声音,听不清歌词,绝望的榔头不知从何而来,突然重击在他心上。接着,他看见木凳前站着一个男人,工欲善走过他身边才知道,他是在等他。他是琴师。

小伙子很得体,高高的个子,消瘦的面容,下巴略微有些翘,有一点点乡村艺术家的土洋兼备的执拗的神情。他礼貌有加地向工欲善问好,说他从下午开始就在这里等他了。这让工欲善有些惊诧。琴师原来是很聪慧的人,又很清晰地告诉他,是银心告诉他们的,工老师每天都要到湖边来散步。说完他拿出一个扇盒,说:"听说工老师要结婚了,垂髫让我专程给你们送一件结婚礼物。"工欲善看着这扇盒,苦笑了一下,他知道那里面放着的是什么。他接过了,琴师问要不要看看。工欲善说不用了,垂髫送的礼物总是好的。他们就这样僵在湖边,工欲善终于问:"她还好吗?"

琴师脸上就有了光,说:"看东西是不太行了,不过心情不错。白天有生意,夜里她还去演出。"

工欲善哦了一声问,"垂髫回来了?"琴师回答说回来两个月了,推拿屋开张的时候,银心她们几个姐妹还给小店剪彩呢。"怎么,工老师你不知道?"

工欲善一边往回走一边发怔,断断续续地

让琴师转告垂髫，还是身体要紧。白天工作，夜里演出，是不是应该合理安排一下。如果经济上有什么问题，朋友们都可以帮忙的。琴师听了他的话，像是为垂髫辩解："主要是因为不能让功夫断了。上台演出，哪怕站着唱一段，接上了这口气，领了行情市面，是最要紧的事情。一个人有一个念头，要打消它，就好比要这个人的命。"

前面就是扇庄，工欲善邀请琴师去。琴师摇摇头，展现给工欲善一个微笑，是那种被垂髫感染过的微笑，他们真是骨子里很相像的一对。工欲善想到垂髫，伸出手来与他握别："谢谢你们回我的礼物，我会珍藏好的。其实你们完全不必和我们隔得那么遥远，到这里也可以开推拿屋,顺便还可以唱越剧。你看我的扇庄,大柳树后面的,看到了吧,人气很旺的。如果需要,我可以帮你们打听一下。真的不想去我那里坐坐吗?"

他目视琴师,淋着小雨走进柳荫深处了。

九

晚上,工欲善像往常一样,坐在沙发上看新闻联播。银心陪着他,不一会儿看看他的脸色,然后撒娇地把头靠在他腿上。

他一句话也不说,电视机里的播音员说个不停,小屋里的气氛就有些微妙。工欲善突然问银心累不累,银心说:"太阳从西边出来了,你也知道问我累不累。当然累了，一个新家，哪里是那么容易的。"

为结婚，工欲善已经在清波门按揭买了一套公寓房，银心天天在那里张罗。听银心那么说，工欲善就两手用力，一屏气托起了银心，把她扔到床上去了，说："趴下，我给你按摩。"

银心哈哈哈哈地笑了起来，说："你按摩，我给你按摩还差不多。"话虽那么说，她还是听话地趴过身来，脸埋到枕头里去。工欲善就坐在床沿，两手握着她的肩膀，一下一下推了起来。银心舒服地呻吟，断断续续地从枕头里发出声音："没想到你不但会画扇子，还会推拿。对，对对，就是这里，下面，再下面一点。以后没饭吃了我们就……"她突然不说了。

工欲善一边缓缓地用手掌按着她的背,一边说:"今天见到琴师了,说垂髫回来了,他们开的那个推拿诊所开张了。"

停了一会儿,银心才闷在枕头上,瓮声瓮气地说:"垂髫回来好多天了,她说她是学成归乡,又回琴师那里去了。谁都没提那个盲人的事情,这事情就像风一吹,没发生过一样了。"

"我见到琴师了。"工欲善说。

银心便问他对琴师的印象如何。工欲善想起那个一意孤行的执拗的下巴:"这个人可以像一个新面粉口袋那样翻过来抖,从里到外一样。"

银心抱住枕头把头抬起来,想了想,说:"其实垂髫还是好福气的,她走到哪里都有人欣

春日湖上

[宋] 高翥

清波门外放船时,尽日轻寒恋客衣。
花下笑声人共语,柳边樯影燕初飞。
晓风不定棠梨瘦,夜雨相连荠麦肥。
最忆故山春更好,夜来先遣梦魂归。

赏。"

工欲善按住银心："不知道闭上眼睛推拿是怎么回事，我试试。你别动，我试试。"银心一边屏住气止住笑，一边还是忍不住笑，说："闭上眼睛，不就是盲人摸象吗？"

工欲善摸摸索索地在银心背上按摩，眼睛一闭，心思就出来了，就绵延到了两只手上，一下，两下，渐渐地就有了章法。他有些惊讶，原来失明可以是这样的，便说："有些事情是只有盲目才能做好的。"

银心一下子就从床上翻了起来，把工欲善推倒在床上，也闭上双眼，一边摸索找寻着枕巾，一边说："我来试试，我来试试，很好玩的啊。"她好不容易摸到了枕巾，一把就蒙在头上，脑袋肿成一团，看上去就像一个被绑架者。然后两手摸索着，想摸工欲善的腰，结果摸到了臀部，她就大笑起来。接着她开始按摩，一边说："我可没有学过啊，业余水平啊，体验生活啊。"然后她突然就呛了起来，说："我得喝点水。你别起来，我试试看闭上眼睛怎么样倒水。"她就朝桌上摸去，一边咯咯咯地笑着，手势很轻，很小心，摸了一会儿，摸到了。她又开始摸杯子，一边又说："你可别帮我啊，我试试看这是怎么回事，你可别帮我啊！"她再一次强调。

工欲善躺着，蒙着头："我没有帮你，我没动，你自己小心啊。"

然后他就听到咣当一声，一下子抬起头，

看到银心站在门口桌前，一只手扯下头上枕巾，另一只手中的杯子掉在地上，换成了一个热水瓶。她双眼含着泪水，轻轻地断断续续地说："我受不了了，我实在受不了了，我实在是受不了了……"

她看看手中的热水瓶，又看看工欲善，下嘴唇咬了起来，打不定主意，是扔过去，还是放下来。

工欲善撑起身子，在床上愣了一会儿，起来，走到银心身边，把她手里的热水瓶拿开。她一下子就号啕大哭起来，双手抓打着工欲善，边哭边叫："你不能对我这样啊，你不能对我这样啊，你这样折磨我我受不了了啊……"

工欲善让她打了一会儿，她动作慢了下来，

最后抱住了工欲善，呜呜呜地哭着，说："我不是故意的，我不是故意瞒你的。"

工欲善摸着银心的头发，说："我知道。"他的目光对过去，前面书架上，放着的正是那个琴师退回来的桃花扇盒。他鬼使神差地走过去，打开扇盒，取出桃花扇。再睹旧物，别来无恙。他哗地打开，对银心说："你看，桃花扇回来了，来得正好，正好让你用上。记住春节结婚的时候你得拿把扇子，你拿着，拿着。"他几乎强迫般地把扇子塞到银心手里。

银心眼里含泪却不知所措，握着扇子，不明白地看着工欲善。工欲善按着她肩，轻轻地将她的身体转了一圈，调整着银心手执扇子的形体："扇子其实就是为女人而诞生的。伏尔泰知道吗？不知道没关系，伏尔泰说，不拿扇子的女士犹如不拿剑的男子；还有英国画家诺斯科特，当然你也不会知道，他在给王后夏洛特作画时说，上帝啊，她的优雅和动人的风度全靠那把杭州扇子来衬托的；查尔斯王子和戴安娜王妃你肯定知道了，他们结婚时做了一批珍贵折扇，放在花篮里赠送给参加婚礼的贵宾。我们这一次也俗一把，我这里有那么多扇子，我们来一个杭扇婚礼，你看这个主意怎么样……"

银心一折一折地收着扇面，紧张地盯着越来越兴奋的工欲善，眼睛咕噜噜转，脑筋好像不够用了，她这种笨乎乎的样子让工欲善感动。他正要把她再次搂到怀里，脑袋上狠狠地被砸了一下，是银心收拢了扇面。然后耳边一个霹

折扇　大都会博物馆藏

雳炸响："婚礼婚礼婚礼个头啊，谁跟你结婚，谁跟你这个小男人结婚……你死去吧——"

工欲善被银心这一记打得找不到北，他愣得一下子就弹直了："你……你……你你……"他说不出话来："你什么意思？你有话为什么不好好说？"

银心继续大叫："我不好好说还是你不好好说，你不就是找借口吗？你不就是遮着掖着吗？明明自己画得不如人家才留不了校，偏说人家不如你；明明想跟垂髫好，偏偏拿我来推拿；明明这扇子给人家退了，气不打一处来，偏偏要跟我办什么杭扇婚礼！什么戴安娜英国女王，你骗谁啊你，我就没见过你这样的变态！"

工欲善这才目瞪口呆，哆嗦半天说："出

去!"

银心就冷笑:"你为什么不说你给我滚啊!我就等你说这句话呢!其实我和你也是半斤八两,你以为我愿意跟你待在这个破扇庄里啊!你心里没有我,我干吗心里要有你啊?"

她龇牙咧嘴,像只雌老虎,丫头相荡然无存。她突然开始飞快地收拾东西,眨眼间人就不见了。工欲善气得呆若木鸡,转而又万念俱灰,措手不及中度过一夜,第二天无精打采,元气大伤,到下午才想起来收拾屋内残局,发现桃花扇无影无踪。

就这么让日子推着走。天凉了,扇庄生意自然冷清。沪上父母要他去上海,工欲善找了个借口，说是要为考研做准备，搪塞过去。转眼寒冬已至，大家都以为他春节要结婚的，现在银心无影无踪了，郑杰两口子也销声匿迹。他守着一屋子扇无话可说。

除夕夜没有人干扰他，大年初一他到湖边去转，却意外地在闻莺馆茶楼门口碰到了郑杰。郑杰支支吾吾，问他为什么不跟着银心回嵊州，工欲善这才知道银心回老家去了。工欲善说一个人过年好。郑杰回答得很有意思："我说连襟，我本来是想让你到我家来过的，你这一说我就不好开口了。不过你也不要把架子摆得太足了，你的优势已经式微了，别太不当一回事啊。"

工欲善忍了忍，还是没忍住："郑杰，有个

问题我真没弄明白，究竟是你们非把银心塞给我呢，还是银心和人赌气拿我当赌注呢？"

郑杰回头看看茶楼里，小王正在那里拉开架势，招手让他过去。他靠着他耳根说："都让你说着了。有个嵊州大款在杭州发了财，追银心追得紧，可惜乡下有黄脸婆的。小王知道了坚决不让，这才有你这一出。我们原本以为你这里问题不大，谁知你心有旁骛，你这家伙伤人啊。你实在喜欢垂髫你就为她承担，你娶个女盲人也是西湖风流佳话，可是你又不敢。你就那么患得患失，遮遮掩掩，阿龙阿龙，两头脱空。"

工欲善盯着郑杰不说话，郑杰替他说："我知道你心里在诅咒，到现在才告诉你这些，真是恬不知耻。我认了。人嘛，都有自己不说的心事，可大多数人都能在心里分清。你不行，你这人没把自己弄明白，也没把事情弄明白，所以你永远心挂两头，模糊不清。说你是哈姆雷特嘛，你也没那么深刻。我想来想去，你也就是一个白娘子才会到断桥上和他相会的许仙——许仙在清河坊卖药，你在涌金门卖扇，除了朝代不一样，其他的也差不多。"

如此恶毒地攻击完工欲善，郑杰就打着哈哈走了。奇怪的是工欲善没生气，他慢慢地沿湖走，越想郑杰的话越对。

回到扇庄门口，就听到电话铃响，是银心快乐的声音，好像什么事情也没有发生过。银心要他第二天就赶到嵊州去，说要请他看社戏。

工欲善心一下子开了,想都不想,让她早一点回杭州。银心一愣,叫道:"有垂髫的戏呢,你也不看?"

十

船在剡溪间划行时，雪就大朵大朵地下来，因为一落到水中就悄然不见，看上去虚无得很，像舞台上幻化的灯光效果。周围是大块的坡地丘陵，曲线虽然好看，但没有庄稼和树木，就显得凄凉。工欲善坐在小小的船舱里，对面坐着琴师，当中放着一个很小的炭盆，放出的微弱的红光，对于取暖，一点也不顶用。工欲善的双脚冻麻木了，眼前一片片的昏黄，越来越像旧式图片。

问艄公还有多少路，艄公说还有好一段呢。琴师则泰然自若，取出两瓶黄酒，打开了一瓶请他喝，自己也喝了起来。他是专门来县城接工欲善的，说："我们习惯了，一年到头，就这样赶场子。"

工欲善也不推辞，大口喝了起来，问琴师，这样的天气，还会有人来看吗？琴师说："是包场啊，有没有人来看，都要演的。"工欲善很想知道垂髫眼睛不好，如何在台上走戏，但他不想问琴师，就闷着头喝酒，看天色暗得几乎只剩黑白二色，艄公在船头咿呀作响地划桨。琴师点起了一盏汽灯,挂在船头,那微弱的白光照得水路更加渺茫,工欲善从船舱里出来,看周围一片雪光清气,突然想到,王子猷当年就是在这里夜渡访友,乘兴而归的……

不知过了多久,琴师也跟了出来,指着前面一团红光之处,说:我们到了,她们已经开演了……

这个戏台果然是搭在水边的,已经看得到不少乌篷船如梭子一般穿插在戏台下,密密麻麻一片,顶着漫天飞雪,煞是奇观。工欲善这才想起来问她们演的是什么,琴师说是《行路》,工欲善没听说过什么《行路》。艄公本是个没嗓子的人,偏又是个戏迷,大概因为就要

王子猷雪夜访戴

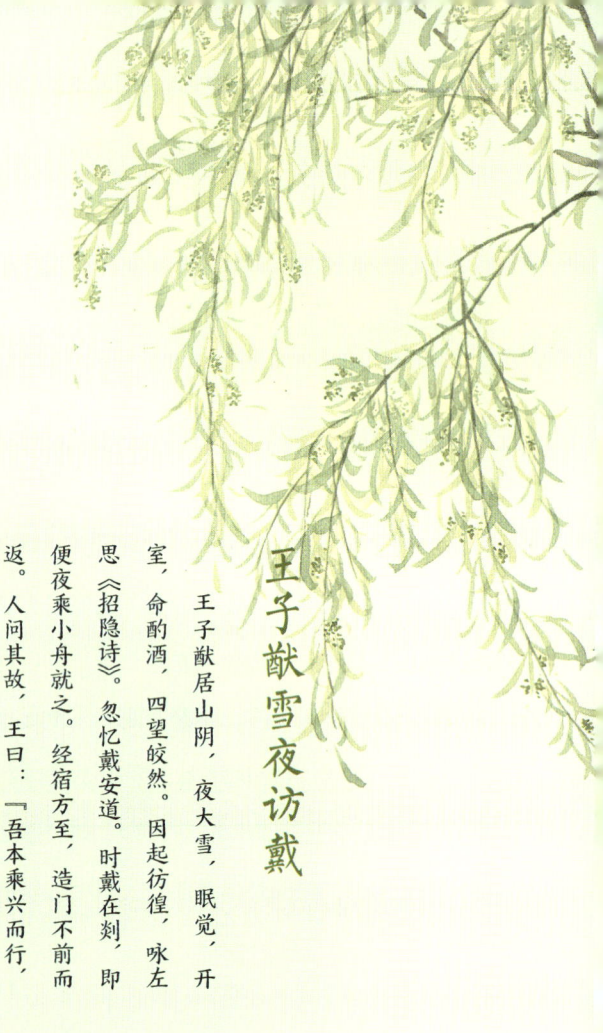

王子猷居山阴,夜大雪,眠觉,开室,命酌酒,四望皎然。因起彷徨,咏左思《招隐诗》。忽忆戴安道。时戴在剡,即便夜乘小舟就之。经宿方至,造门不前而返。人问其故,王曰:"吾本乘兴而行,兴尽而返,何必见戴?"

到目的地，兴奋起来，一边使劲摇着橹一边尖着嗓子，道起白来。原来是那秀才王魁，因投亲不遇，流落异乡，病倒在雪地中，被名妓敫桂英所救，并资助他读书，二人结为夫妇。谁知王魁赴京得中状元，竟入赘相府，寄给桂英一纸休书。桂英悲愤欲绝，控诉无门，于海神庙含冤自尽。一缕冤魂，引得判官小鬼出行，跋山涉水，直抵京都，活捉了王魁。

说话间橹声咿呀，戏台近在眼前，水路就曲折起来。船舟碰碰撞撞，擦了邻家的乌篷舱，就听隔壁一声大吼——作死啊你——工欲善抱歉地回头，只见戴毡帽的看客早就眼睛发直回神到舞台上，还有手里端着一碗黄酒的，半举着，嘴也半张着，哪里还管得过来那半肩的白雪，已然被那催命锣鼓震得灵魂出窍。此时，判官和小鬼们正蜂拥而出，只听那判官十刹阎罗般的一声——敫桂英，白衣白裙的敫桂英就踩着锣点上场。工欲善激动起来，他一眼就认出来了，那是银心的敫桂英。判官看上去凶神恶煞，却夸张得有些奇怪，长髯黑腮、面目狰狞，身披一件大红袍，腰后不知装了什么物件，臀部整个突出一大块，双肩也像是扛着一块木板，平顶着方方的一块后背，力图要造出一个魁梧之形来。他手里也是握执一扇的，只是不曾打开，作了匕首一般。

就听那判官嘶哑着嗓子吼道："海神爷准了你的诉状，随我去到汴京，捉那王魁去也。"

银心的敫桂英白衣白裙，冤气冲天，张开

双手在舞台上跑着圆场。那判官和一群小鬼衬着她就像一只洁白的蝴蝶，像一片大雪花，从水上直飘入戏台。她跟着那张牙舞爪的判官群鬼，满台追满台舞。戏台下只只船舱里的观众们都站了出来，任凭一头雪花飞满天。判官随着小鬼舞到西，西边的观众哄了起来；舞到东，东边的观众又哄了起来。敫桂英在台中边舞边歌，工欲善突然明白，鲁迅笔下的男吊、女吊是怎么产生的了。他被这样一个场面震撼了！

　　银心的嗓子也奇怪地与以往任何时候都不一样了，悲怆怨然，冤气冲天，声如裂帛，突冲雪夜云天："海神爷降下了勾魂的令，不枉我桂英弃残生。判官爷你与我把路引，汴京城捉那负心人！……"

那判官何等青面獠牙的一个地狱之神，此时突然双手各扶一个小鬼，舞步妩媚起来，随着敫桂英的叙述，放慢节奏，原地晃荡，工欲善的心竟然就随着那舞步也晃悠起来，在恍恍然中，他听着冤女哀歌："飘荡荡离了莱阳卫，又只见潊水北去，沂水南回。过青州淄川，点缀着三两个都会，猛抬头又望见泰山巍巍。日观峰、丈人峰，如群仙排队，多少个，伤心人，在那舍身岩下把命摧。过运河，越东平——"

就听那判官大叫了一声："梁山泊——"敫桂英就接着唱："梁山泊在。叹今日，哪里有宋公明、武二郎，百八条好汉仗义扶危？"

那判官又大声喊一个字：走！群鬼齐舞，判官架着小鬼满台飞奔，做出种种架势，有好几次仿佛要冲进大雪纷飞的世界,一步跨入水中,又被什么力量拉了回去,最后还是回到了敫桂英的身边——

> 望北方又只见狂涛怒水,
> 原来是黄河东去咆哮如雷。
> 过考城,入兰封,山川壮美,
> 望左边陈留郡,想起了东汉时干旱三载,
> 赵五娘剪发包土造公婆的坟堆,
> 耳边厢一声声摧人肝腑!
> ……

工欲善真是听得如痴如醉,看得魂飞魄散,

肩头雪湿,浑然不觉。半晌,舞台人走音渺,舟船重新晃荡碰撞,听到有人斥责之声,是骂他们的船横杠子里插进来。琴师拍拍他的肩示意他走,工欲善才回过神来,问了一句:"没见垂髫出场呢?"琴师认真看了看他说:"先到后台报个到吧,她们等急了。"

社戏的后台,透出刺骨之寒。不过一间漏风的席棚,四围雪飘中,有摇摇欲坠之感,人来人往,却又热闹非凡。棚顶挂着几盏汽灯,哈的热气刚刚吐出就被雪夜一口吞了。棚中间胡乱放着几张桌子,桌旁又有两个炭盆,那炭盆倒是红火得很。银心正站在桌前卸妆,披着件军大衣。工欲善心一热,就撞上前去,银心吓了一跳,回头一张白塌塌的脸,扫了他一眼,轻声说:"我还以为你不来了呢。"

后台乱糟糟,人个个走动,风四处乱刮,工欲善说:"冷得厉害,我们走吧。"搂着银心的肩走了两步,看到琴师,问:"怎么没见垂髫?"

接着后背哆嗦起来,回过头,心就冻缩成了一小团。那个红衣判官衬着身后漫天飞雪,直直地站在他面前,上半张脸涂得煤球一般,一双眼睛陷在黑暗中,没有光芒;下半张脸擦干净了,连带着下巴,皮肤白得耀眼,一张抿着的女人的嘴。脖子歪歪的,好像撑不住头套。银心推着工欲善上前,说:"垂髫我输了,我还说他能把你认出来呢,他果然没把你认出来!"

垂髫往前走,几乎贴着了工欲善的脸,像

[荷]约翰·杰拉德·科尔曼斯　西尔维娅柳莺

猎狗一样，用眼睛闻他，然后叹了口气，说："还行，真来了。"那是久违的声音，一点没变。工欲善很尴尬，解释说："我真没往那上面想，你一向是扮小生的。"

也许是说到小生了，垂髫突然被触及，大叫一声："工老师，我把你的谜破了。我知道为什么越剧中的女小生，是介乎男与女之间的第三性了。这事情再简单不过，女小生嘛，也不是男的，也不是女的，也不是不男不女。是什么呢？是亦男亦女！你听明白了吗？他们都没听明白，可我明白了。我外公教过我'白马非马'，女小生就是白马非马。"

工欲善想，白马非马有几个人懂，难为你这样的奇才，便转了话题说："就为这事把我叫来过年啊!"

垂髻摸索着坐到火炉旁,一边脱高靴一边说:"叫你过来,自然有理。银心你跟他说了吗?"

银心回答说她还来不及说,他不是刚刚到吗?垂髻就一边胡乱地用卸妆油涂脸,一边问琴师他有没有说。琴师不吭声,给她一个热水袋焐手,一边帮她卸妆。垂髻露出气愤的神情,翻来覆去地倒着她的热水袋。她现在看上去倒真有些像判官了,银心站在她面前,赔着笑,又成了丫头。工欲善见她们这副架势,都不是要走的样子,就坐下来烤火,说:"垂髻,我坐在你面前呢,有什么话你就说吧。"

垂髻说:"听说你扇庄后的画室要空出来

了，你们不是有新房子了吗?"

工欲善看着银心，银心也看着他。垂髻不等他们开口，继续她的思路："我们租了。我得把我的推拿室开到西湖边去，名字想好了，就叫柳洲推拿中心。别别别，别跟我说不行，我比你们明白。现在我的机会来了，柳浪闻莺要组织一个民间越剧团。天赐良机啊，柳浪闻莺是唱戏文最好的地方，我半天唱戏半天推拿。我外婆跟我说过，唱越剧就要唱到山外去。"她沉默片刻，大家都看着她不说一句话。她突然生气了，高声叫："银心你别死样怪气，我不会抢你老公的，我有琴师呢。"

银心拿起一片纸来，狠狠地擦着垂髻的前额，一边说："谁死样怪气啊，是你吧。我不叫他来，他会来吗？"

垂髻的脸擦出面目来了，她的目色是一片清光，就像雪落下去的河潭。她开始进入状态，不停地跟工欲善说话："我的判官怎么样？工老师，你觉得我的判官怎么样？没有你的那个什么遮蔽，很张扬吧。告诉你，不是什么地方都离不开扇子的，判官不需要扇子。都丑成鬼了，拿什么挡都是一回事。不如不挡，所以扇柄就当短剑来使了。看剑！"

她一下子把扇柄杀了过来，工欲善一闪接过，正是他的桃花扇。他握住扇柄，笑着说："你的柳洲推拿中心有了，我的柳洲扇庄怎么办呢？"

"我跟银心说好了，冬天推拿为主，夏天卖

扇子为主。我们两人一起组织剧团。我们会挣很多钱,很多很多钱,然后我们再来排戏。然后我们就把我们的戏唱到北京上海,法国美国……"

垂髫头脑发热,滔滔不绝,天马行空。琴师拿来一大杯烫热的黄酒,他自己先喝了一大口,又给垂髫喂了一口。银心接过喝了,又递给工欲善。他们惊讶地互相对视——工欲善已经顾不上自己和银心之间的事情,他用目光询问她——你已经和垂髫达成这样的共识了吗?银心好像点头又好像摇头,但他们很快就被垂髫的话吸引了。

事情就是这样,凡事只要跟垂髫沾边,一切就容不得犹豫,就摧枯拉朽,一万年太久只争朝夕。几口热酒下去,所有的人都热血沸腾,垂髫的话开始起作用了。他们商量起垂髫如何回杭州的事情来。前台的丝竹和满天的飞雪,都没有这个事情重要。的确如此,银心就是为了这个,才把工欲善从杭州召过来的。

十一

两对男女回到杭州。工欲善全力以赴春节前的考研初试复习,银心回剧团继续跑她的龙套,其余时间就帮着那三个打下手。扇庄暂时就腾出来,让垂髫他们那一对进驻了。一个星期之内他们就开出了一家推拿室,也没几张床,来推拿的人很少。垂髫拉开架势,但怎么看还

[清]潇睿　仿宋元人山水图册之二　柳溪人家

是在舞台上模拟。琴师想出了一个招，他拿把二胡到老柳树下拉琴。

一拉琴，这小伙子就像个跑江湖的艺人了。冬日阳光下，街头巷尾坐着，皮夹克敞着，胡子拉碴，西裤耷拉着，松松挂在胯间，就像摇摇欲坠沾在嘴间的那根烟，架着二郎腿，腿上搁一把二胡，叽咕叽咕几下，调起音来。

几下过后，就围上来一群痴子，有路人，甚至还有邻居。琴师倒是一脸自信，与平日里的羞怯完全不一样，一副豁出去自得其乐的架势，自拉自唱，仿的女声，很俏皮的样子：

  我家有个小九妹，聪明伶俐人钦佩，
   描龙绣凤称能手，琴棋书画件件会。

我此番杭城求名师，
九妹一心想同来。
我以为，男儿固须经书读，
女孩儿读书也应该，
只怪我爹爹太固执，
终于留下小九妹。

最后一个拖音，七拐八拐，博得一片喝彩。周围围着的一般都是中老年妇女，听到这里，早就有人按不住，嗓子痒痒地和了上去："我只道天下男子一般样，难得他也为女子抱不平。像这般良朋益友世间少，我有心与他结为兄弟盟。"

唱到这里，大家就一起笑了起来。正嘀咕

着往下唱什么呢，突听一声凄厉的叫："贤妹妹，我想你，神思昏昏寝食废……"

这无伴奏的冷不丁儿杀出来的一声，让大家着实吓了一跳，抬起头看，一位长身玉立的姑娘，着白裬，戴墨镜，长发垂额，双手叉腰，靠在新挂牌的柳洲推拿中心门口，那声音正是她发出来的。

柳浪闻莺越剧角非同寻常，毕竟云集着一群资深戏痴嘛。有个半老徐娘挺身而出，脸上挂着菜色，从容不迫地接上："梁哥哥，我想你，三餐茶饭无滋味……"

还想接着往下呢，却被一个老太太媚眼一抛，生生打住。老太太镶了几颗假牙，手里拎一只塑料口袋，像是要去买菜却被这锥人心骨的咏叹调拦路了,恍兮惚兮地哼了起来:"贤妹妹,我想你,衣冠不整无心理……"

如果说这一位嗓子太差,又不着调,但神情肃穆,让人不敢唐突的话,下一位须眉终于惹来哄堂大笑。他推一辆自行车,一开口,玻璃嗓音,尖锐而粗粝:"梁哥哥,我想你,懒对菱花不梳洗……"

他卡壳了,惹得人们哄堂大笑,但琴师坚定不移地加大力度拉动琴弦,来来回回地纠缠片刻,如泣如诉地渲染,使喜剧恢复到了悲剧的本质,重归回忆般的叙事。大家都被这琴声镇住,有人轻声啧啧:"拉得好,真是拉得好!"

垂髫又接着唱:"贤妹妹,我想你,提起笔来字忘记……"

就听一个声音从之前的扇庄里飞出来："梁哥哥，我想你，东边插针寻往西……"工欲善已经听熟了，这是银心搭的腔。这一对一开口，别人就只能闭嘴了，就听她们你一句我一句，沉浸在自己哀而不伤的惆怅的长调里："贤妹妹，我想你，提起笔来字忘记。梁哥哥，我想你，东边插针寻往西。贤妹妹，我想你，哪日不想到夜里。梁哥哥，我想你，哪夜不想到鸡啼。你想我，我想你……"她们突然再放慢音节，齐声哭唱："今生料难成连理……"

所有的人都愣住了，都不知道说什么好了。扇庄的窗子关起来了，真是曲终人不见，江上数峰青。琴师愣了一会儿，突然欢快地振臂高呼："想听正宗越剧，到柳洲推拿中心！"

人们搞不清楚,这里到底是卖扇的还是推拿的还是唱戏的。工欲善坐在旁边的石凳上看着,他觉得现在很好,卖扇也可以,推拿也可以,唱戏也可以,这样就可以了。真是风和日丽鸟语花香,长调欲醉秀色可餐,他被此时此刻的满足搞得惶惶不安。

春节一过,琴师回嵊州筹钱,办个民间剧团也要钱的。工欲善则准备赴京赶考。银心这一段时间都在剧团,她老是外出,常常几天也没有音信。工欲善去扇庄和垂髫告别,未见临时改成的推拿室里有人在。邻居告诉他,前一阵子,垂髫带了一帮子人来,琴板齐鸣,丝竹不停,天天吵得四邻八舍不安生。后来大家抗议，她倒也自觉，每日手执一根手杖，到公园自得其乐去了。

工欲善赶忙朝公园找去，远远却看到垂髫慢慢走来，手里果然拿着根精致的手杖。她走路的样子很奇怪，走一段摸一株柳树，走一段摸一株柳树。工欲善一把扶住她，说："你怎么一个人走，当心掉湖里去。"

垂髫说："没事，有柳树给我做记号呢。再说，还没到漆黑一片，还能走几步呢。"

工欲善说："你那个琴师也真放得下你，银心又忙，我呢……"垂髫就摇手不让他说："别管我，管管你自己。"

工欲善说："我很好，我感觉很好，我志在必得。这是我的画册，给北京导师的见面礼。"

他把挟在胳膊里的画册重重放到垂髫手里，垂髫拿起画册凑到鼻梁前看了好几眼："……桃花……美人，什么得气，什么意思啊？"

工欲善想了想，说："我还真说不出来，眼前有景道不得……"

"所以画画不如唱戏嘛。我们一句一句都唱得出来，如泣如诉，越剧是很伟大的，这是我妈妈说的。我妈妈说，越剧是很伟大的这句话是外公说的。如泣如诉，也是我外公说的。"

"我怎么没见到你妈妈啊？"

"我妈死了。"

工欲善心顿了一下，停住了。

"我妈到杭州来为我读艺校的事情报名，被车撞死了，那时我十三岁。我是外公外婆养大的，我外婆也唱戏，我外公从前是右派，中学里教语文的。他是个奇怪的人，垂髫这个名字很奇怪吧，就是他取的。银心这个名字也很奇怪吧，银心本来不叫银心，叫爱珍。因为我叫垂髫，所以她说她也要叫个与众不同的名字，她就叫银心了。"

"那么，你外公外婆呢？"

"他们当然也死了。"垂髫好像觉得工欲善问得很奇怪。她没有在自己身世的话题上纠缠，突然转了话锋："你应该和银心谈谈。她就是那种结婚的人，她得结婚。"

工欲善说："我们谈过了，不管我考得怎么样，我们都准备五月结婚。"

垂髫说："要是这样就好。"

陆恢　风神摇曳扇面　册页

她拎起手杖就大步往前走。工欲善上前要去扶她,她大声说:"别碰我,我吃醋了!"

她笑了,但满脸生气的神情。她真的吃醋了,但不给工欲善任何尴尬的感觉。工欲善一时冲动,很想问,是不是曾经有过一个什么大款,张开嘴又咽回去了。他发现其实他真的很不了解她们,她们是一个谜。

当天夜里,银心回来了。工欲善感觉银心有些陌生,但银心表现得格外热情。一番亲热之后,他突然问:"银心,你不记我仇?"银心反问:"记什么仇?"工欲善说:"扇庄成了推拿室,你本来戏演不成,做个扇庄小老板娘总可以的,现在好像没退路了。"

银心突然就低下头去："谁说没有退路。再说我把你也骂得够呛，真不敢相信那是我自己。以后一定不会了，你是好人。"工欲善问："我是什么人我还不知道？我是小男人嘛！"银心打他一下："还问我，你才记仇。不过你还是好人。你连垂髫都敢帮，你是好人。"工欲善说："你都帮了，我能不帮？"银心说："我和你不一样，我要是再不帮她，我就太没良心了。"

说到这里，银心突然起身披衣，捞过放在床头的画册，指着封面的扇面，白色素面，乌木扇骨，桃枝从扇面左侧横岔向右径直伸去，居中及右上方是两簇桃花，她手指桃花："我也问你一句话，你说，这桃花是我，还是垂髫？"

这下真把工欲善问住了，半响才说："是你

们。"银心放下画册，钻到他怀里，说："讨厌，还真敢说实话。"说完倒下就睡了。

工欲善想，讨厌是什么意思，是讨厌我说真话，还是讨厌这真话本身。迷迷糊糊地想着，也睡去了。

第二天他就去了北京。一个月后春暖花开时回来，一切都变了。

十二

清波门的公寓，房间冷清，一看就没有人气。桌上，铺开着那把桃花扇，银心的信就躺在上面，字胖胖的，很工整：

> 工老师，我走了。本来早就要走的，想你考试，不要影响你。我戏唱不出山

的，一辈子龙套命。再说社会这样下去，看戏的人少，龙套也跑不成了。前途都在眼里的，早做打算才是。

有个人一心一意对我好，有钱，在美国有公司，让我去那里。我同意了。

我也想对你好的，但是你做不到，我也做不到。我们是没有这个命，像祝英台这样跳进梁山伯坟里，同年同月同日死，是戏里唱唱的。

真是千言万语，讲不出来。我斥你不说真话，其实我也不讲，其实也不是不讲。我对你好，是真心好的，只是那个真心下面还有别的真心，叠在一起，也像你的折扇了。

清波门

吴越时建,称涵水门,宋改称清波门。因门濒西湖东南畔,有流福沟引湖水入城,盖取清波之意名门。清波门俗称暗门,南宋时,著名画家刘松年居此门内,故有『刘暗门』之称。张先、周密、周辉等文人学者也曾寓居清波门。因门通南山,城中薪柴多由此入城,故民谣中有『清波门外柴担儿』之句。

现在走，一刀斩断干净，以后再无纠缠。

难为这把桃花扇，送来送去，还在主人手里，我担当不起的。

我人去也。你心好，有好报的。银心。

工欲善看了信，告诉自己要沉住气，谁知竟然就不能够沉住，直奔了郑杰家。还算巧，那两口子在家。小王看了信，问："你有什么感觉？"工欲善说："我就是奇怪。"小王说："有什么好奇怪的，银心早就想走，你没看出来？"工欲善说："不会吧，早就想走，怎么还说五月一日结婚。"小王说："你也不睁开眼睛看看如今什么世道了，这一分钟说定的事情，下一分钟变也没关系，何况银心这样的姑娘。再说你又不喜欢她，她不趁现在走，什么时候走？"工欲善说："是有什么误解了吧？"小王说："这话谁相信。你们又没登记，你又把那个垂髫从乡下弄来。她一个瞎子，还带着她的保镖，又是推拿又是唱戏，乱七八糟搞什么名堂！扇庄也没了。你叫银心指望什么？"

工欲善嘴角抖起来，他咽了口气才说出话来："没有乱七八糟，清清爽爽的，还是银心让我帮垂髫一把的呢。"

郑杰听到这里扔了画笔，生气地对工欲善说："我说善子，你到底有没有毛病啊！她叫你接，你就真接啊。你看银心的信里有没有提垂髫一个字，一个字都不提，她还是想不通！人家可能就是摸摸你的底细罢了。你以为世界上就你一个人藏得深,别看人家小姑娘一个,比你藏得还深。"

小王又说:"工欲善,我问你,你是不是跟银心说,垂髫和她你都要,你说过这话吗?"

工欲善站起来要走:"太无聊了。"小王也不客气:"你听完我的话再走。要不是垂髫眼睛瞎了,你会要我们银心吗?你也就是拿我们银心垫背罢了,也不睁开眼睛看看,银心是给你这样的人垫背的吗?她要嫁个百万千万富翁,还不是分分钟!"

工欲善脱口而出:"处心积虑想拦她的可不是我。"

小王冷笑:"那是从前。现在人家离婚了。明媒正娶,你想让她回来她也不会回来了。"

[明]蓝瑛　花鸟图册　柳杏春莺

工欲善恍然大悟，怪不得小王底气十足。这都是发生在他眼皮子底下的事情，用一句话形容，就是迅雷不及掩耳！就是说时迟那时快！就是山中方数日，世上已千年！

他那副毫无遮蔽的沮丧样，看来还是打动了老同学郑杰。郑杰找点别的宽慰他："算了算了，情场失意考场得意，听说你考得不错。你那个导师对你的画册评价很高，你还真不是一个常人。我看出来了，你的功夫早就到了，就是少点精神，现在有了，你还是往上再冲一冲吧。你的生活可不是一个柳洲扇庄网得住的。"

工欲善站起来往外走，像森林里一头正在冬眠却被猎人打醒的瞌转的笨熊，世界被远远地推到视野外面去了。

十三

夜里八九点钟光景,湖边人少了,工欲善沿着湖岸,慢慢往涌金门方向走去。在从前的扇庄门口,他隔着玻璃窗,看到垂髫一个人,台灯下穿着白褂,斜斜地坐着,半张脸被浓密的头发遮住了,门口一树桃花开得正好。她轻轻地以手击膝,拍打着,口中念念有词,听不清是什么。工欲善凑近了，断断续续地听出来，她是在念《西厢记》的台词呢："月色溶溶夜，花阴寂寂春。如何临皓魄，不见月中人……"

门锁着，工欲善拿钥匙开了门。垂髫仰起头，除了目光，其余的感官她都充分地施展开了。她的这个神情，完全是盲人的。在夜里，她终于接受了她的人生角色。

工欲善问："垂髫，你怎么一个人在这里？"

垂髫站起来，朝他伸开手去。他一下子就趴在推拿床上，说："我来了。请您给我推拿。"

垂髫先是有些吃惊，但她马上说："好的，我从来就没有给你推拿过呢。"

她微凉的手轻轻地放到工欲善后颈上，工欲善被激得扬了下脖子。垂髫迟疑片刻，然后，

[清]费丹旭　风月秋声　《西厢记》图册

一下一下地很职业地按摩起他的脖子，她的声音也恢复平静：“你听说过吧，我学的可是正宗的推拿，我干什么都要干成最好的，因为我是天才。”

"因为你是天才，所以你才没有生意吧。"

她回敬他："因为你自命不凡，银心才走了吧。"

工欲善一捶床板："我就是自命不凡！我非考到北京去不可！"

"要是考不上呢？"

工欲善坐了起来，环视着昏黄的灯光下，墙上挂着的零零落落的残扇，说："要是再考不上，我们就把扇庄恢复起来。我一面卖扇子，一面继续考，直到考上为止。你呢，你就给我坐在扇庄的柜台里面,你就给我做扇庄的老板娘。你拿把扇子一坐,那就是陈逸飞的画。以后我毕业了,接你去北京,你就在北京开扇庄,你会名扬京城,梦想成真。"

好一会儿,垂髫才倒吸一口凉气:"工老师,都说我们人戏不分,真假莫辨,你可别学我们。"没等她往下说,工欲善摇着垂髫的双肩:"你不信,你不信?"他跳下推拿床在地上团团转:"其实我什么都可以不要,哪怕不考研不去北京也没什么,我只要有你!"他一把抓过桃花扇,沿着扇骨,唰啦一下撕破了它。这样做很刺激很过瘾,他又是唰唰几下,嗞嗞的纸破碎的声音,像蛇吐芯子。垂髫愣了一下,连忙扑过去,抱住工欲善的手,小声地求他:"我向你发誓，我向你发誓，我第一次听到你的声音就迷上了，你别撕扇子啊，我求求你……"

工欲善一声不吭，浑身乱颤，紧紧地抱着垂髫，一会儿松一会儿紧，好像她是救命稻草。垂髫摸着他的背，不停地从上往下撸，轻轻地说："好了，好了，好了好了……"不知过了多久，他渐渐地松弛下来。

直到这时候，垂髫才把手指勾起来，刮摸着他的面颊和他的鼻梁，眼泪从她冰潭一样的眼睛里流了出来："银心的大款当初追的是我，后来我眼睛出问题，他就追银心去了。银心老问我记不记恨她，我没法告诉银心，她问得风马牛不相及。我要的是知音，是你这样的人……"

清代的团扇与折扇

她终于抱着工欲善的脖子，呜呜咽咽地哭了起来，一边继续哽咽着诉说："工老师，我真是什么招儿都使过了，我什么都豁出去了。我想他们不要我没关系，老天爷要我。他们不招我入团，我自己建团，我自己当团长。现在我就是团长，不过只有一个团员，琴师，就他一个。我本来答应让银心当副团长的，可她还是不干了。她说她宁愿到美国去做二奶，也不在这里当副团长。"

这话说得真是残酷，但不知为什么就是好笑，她蹭着工欲善的肩头，先破涕为笑，连工欲善也忍不住笑了起来。然后她又接着哭："你看连你都笑了，别人还能不笑吗？我们没法又推拿又唱戏，而且喜欢唱戏的人也没能力登台，就算我们排出戏来了也没地方去演。在这里谁都不相信我，一切都得从头来，我们还得回乡下去。琴师说了，那里有人愿意和我们一起干。我们得先有钱，有了钱我就排我喜欢的戏，我外公说的'伟大的越剧'……人家都说这是发神经的说法，因为我外公后来是发神经了。可这话是我外公没发神经时说的，我外公是在上海读的大学，他和越剧十姐妹什么的都熟，他说伟大的就一定是伟大的。工老师你怎么不说话，你在听我说吗？"

工欲善只能点头，直到现在，他的眼泪才无声地掉了出来。但垂髫还是感觉到了，她再次趴到工欲善怀里号啕大哭起来："工老师，我跟你说真话，我是真想做个扇庄老板娘啊，其实我做什么老板娘都愿意啊,可是不行。我试过,不行,我伤人家可以,我伤你工老师天理不容啊……"

……

隔着窗望出去,白天再热闹的西湖,一入夜还是静。柳树一群群摇曳着,悄悄交头接耳,发出窸窸窣窣的声音,像女人走路时裙角发出的响声。他听到了夜莺在柳浪中的歌唱。

湖岸的那条美丽的弧形,那一片汹涌的柳浪深处,隔一段路,明明灭灭地立着一盏盏玉兰花路灯,灯光漫射在柳阴路上,蒙着一层雾气。桃花有时候一片两片地落,有时突然下雨一样,落下一阵,每株桃花下面都是一圈落红,红白相间,把泥土都挡住了。

越剧十姐妹

越剧十姐妹,指的是袁雪芬、尹桂芳、范瑞娟、傅全香、徐玉兰、竺水招、筱丹桂、徐天红、张桂凤、吴小楼。

1947年7月29日,在四马路大西洋西菜社,上海越剧界一批"头牌"聚会商议联合义演、筹建剧场和艺校的有关事宜,并请律师起草合约。在合约上签字作为发起人的有袁雪芬等10名演员。8月19日,在黄金大戏院义演《山河恋》。尽管义演未实现建造剧场和创办艺校的愿望,但促进了越剧姐妹的觉醒和团结。这10名发起人,被后人称为"越剧十姐妹"。

因为落红太盛，如胭脂抹地，不但没有樱花落时的人生无常之叹，反倒有着强烈的盎然的喷薄的春意，它们仿佛随时会一跃而起，红袖再舞。桃树散发的香气里有一丝果味，一阵一阵，弥漫在湖上、柳浪间和夜色中，那是最迷人的、伤心的，但不是致命的诱惑。

垂髫在工欲善的怀里渐渐地不再哭泣，她闭着眼睛，不知道在享受什么。工欲善望着窗外，现在他出奇地平静——他一直在寻找桃花得气美人中的意境——现在他身临其境了……

［清］张若霭　西湖全景通六条全屏（局部）

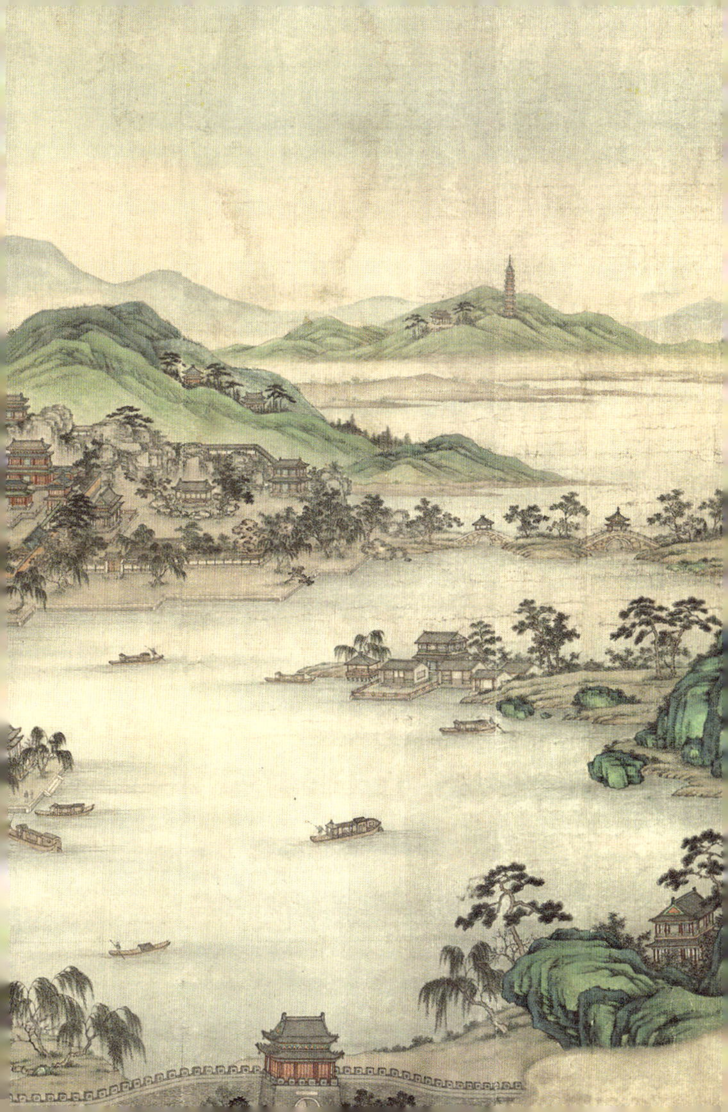

尾　声

工欲善再回杭州，是很久以后的事情了。他先是去了北京，凭一幅《桃花得气美人中》一鸣惊人，读研，读博，出国。许多年后娶了个洋人妻子，回母校讲学。郑杰给他们洗尘，午饭后夫人要到她亲爱的丈夫的家乡那美丽西湖边散步。郑杰本要一块儿陪着，见小王给他使眼色，就说："你们自己走走，自己走走，善子也算是故地重游嘛。"

工欲善陪着夫人到柳浪闻莺去。湖边早就面目全非了，西湖南线整修之后，这里没有当年的一点点影子，已经完全成了一个游人栖息之地。夫人不理解什么叫柳浪闻莺，工欲善按字面的意思解释了一下。夫人说："没听见夜莺在叫啊。"

他们走到了钱王祠前，工欲善告诉她说，他小的时候，这里曾经是一个动物园。夫人很好奇地问："你的家呢?"工欲善举目望去，愣了一会儿才说："就在那一带吧，具体位置已经找不到了。"

从钱王祠里传来了笙歌琴笛，一听就是越

20世纪上半叶的柳浪闻莺

柳浪闻莺位于西湖东南岸,靠近清波门,分友谊、闻莺、聚景、南园四个景区。

剧，隐隐约约的……

    惜别离　惜别离

    无限情思弦中寄

    弦声淙淙如流水

    怨郎此去无归期……

  那调子，好像是《孔雀东南飞》。门卫说里面有个戏台，天天演戏，主要是越剧。

  妻子从未听过中国丈夫家乡的歌剧，也从未听丈夫提起过这种伤感而又极具东方特色的曲调，她很兴奋，坚持着要进去走一走。

  而工欲善还在犹豫，他摸一摸衣襟，那把桃花扇，现在就在他怀里揣着。想忘却的东西太多了,在如此缠绵的曲调里,他发现他依然停在原地,他依然做不到义无反顾,他依然如夜西湖般暗暗地眷恋着什么,并且依然不明白自己是怎么一步步走到现在的。残破的扇子始终在他漂泊的行囊中,他不敢想象,他如何再去修补它……

大于日常的存在

——《柳浪闻莺》的意义绽放

真可以说,你酿的酒,就是用来浇别人块垒的。《柳浪闻莺》小说一出,当是这十部小说中最有声响的一篇了。故事本身就很闹猛,王星记的桃花扇,小百花的梁祝情,有声有色中,柳又浪而莺又啼——有以为是写三角恋爱的;有以为是解读女小生的;有以为是讲时代与艺术之错位的;有以为是表达命运与友情之搏杀的。后来热闹到大屏幕上去了,2022年,它终于被拍成一部电影。

永远不会忘记在嵊州开机的那天，我从北京专程赶来，刚下火车就被拦住送上一辆车，直接到了荒凉的山腰，有一扇大铁门的广场旁，几个穿迷彩服的青年男子守在门口，大吃一惊之后我方释然，此处是个民兵训练场。因疫情之故，凡北京来人都得做核酸检测，我算是被逮了个正着。真是你想进入华殿，偏送你去医院。我没能够赶上开机宴，但电影照样在一惊一乍中拍成，杭州姑娘们戴着口罩追那又帅又拽的郑云龙，他在电影中担任男主角。影片于疫情中进入影院，还获得一些奖。

其实我在写这部作品时，一点也不伤春悲

秋，那时我所就职的茶文化学院不但在塞尔维亚成立了孔子学院，还建成了国家语合中心的国际茶文化传播中心，这实在是大大地出乎我的意料了。愿景不但被实现，还是那些以往没有抱过希望的愿景。我无端地想象着一口我不曾关注过的井，它突然就满出来了，呼啦啦地一直就往井圈口溢水，仿佛它是为我而溢的。我还想象起我编写的那些古装越剧，想起巨大的舞台上背景一片漆黑，一束灯光照在那个一遍遍重复着甩水袖的演员身上，我看不清她被灯光照打的惨白面容，只看到她黑色皂袍下白水袖一遍遍地往一侧投去的情景。她的面部侧向水袖抛去的反方向，这样一种背道而驰的造型，完整体现在舞台上，象征着下定决心，孤注一掷，毅然决然——犹如敫桂英与海神爷夜奔汴京要捉拿那负心的王魁一般。我远远地坐在观众席后排，就在那一霎悟到了为什么有人宁愿用一分钟死在舞台上，也不愿意拎着菜篮子在台下多活十年。

小说故事是要落俗套的，二女一男，永恒的三角。那二女是越剧演员，一人演女小生。越剧女小生和京剧男花旦是非常不一样的。男花旦上台之后，不认识他的人绝对把他当女人看。女小生则不一样，她上台后，不认识她的人都知道这个女人正在扮演男人。

正因为套了这样一件外衣，人们容易把视线集中到性别上来，但我的小说原来的立意并不在此。女小生是个天才演员，但她受伤后眼睛快瞎了。女丫鬟是个平凡的市民姑娘，她爱上了一个颇有天分的落魄画家，而落魄的那位一边画着扇子，一边深陷女小生的天才世界。

女丫鬟银心是个"常人"，落入本真被遮蔽的虚假世界中，而这正是当下世界的常态，所以才叫"常人"。用我们自己的当下语言，银心就是一个与社会同在的平常女儿吧。而女小生垂髫则是个"超人"，她不在一般社会层面上思考问题。比如她视越剧为伟大的艺术，从不以为有什么宿命的东西可以制约她离开越剧。她对她的眼疾也从不多思，因为对艺术的热爱就是她生命的全部。而那个进入二位姑娘世界的男子工欲善，则是一个因为懂得所以无法慈悲的人。他不但理解垂髫，也了解自己。他怕他对垂髫的爱有一天会突然失去,他会落入尘埃,扛起俗人的担当,而这他是不愿意也做不到的。所以,他宁愿锁住自己的内心世界,和完全不懂他的银心在一起。他是个两头够不着的人。俗人社会中的他,没钱,没权,关键是他其实没有爱,所以银心离开了他。

因此,如果这三人之间的感情也算是三角的话,这真的是一个扭曲变化的立体三角。两个女人的灵魂是不在一个层面上的。一个在天上俯瞰,一个在地上平视。那地上的,看到的是那个天上人的倒影。那天上的,忘我地追逐着艺术这朵白云,不知生命所终。

而那位男子,灵魂向往天空,而身体往下坠落。他这种人,可能一生都会在天壤之间来回折腾。所以他最终只能娶一个完全不了解中国文化的外国女人，以切断他内心与常人世界的联系。

　　我无意于在这三个人的价值观中寻找对错，我只是想呈现人类生活中一个如垂髫般的类型，另外两个人是作为关系来陪衬她的存在的。故她的特立独行，一意孤行，鹤立鸡群，傲视群雄；她的以自我为中心，视他人为空气，完全沉浸在自己的艺术世界，在任何阻碍前跌倒了爬起，不反思，不内省，站起来就走，走到哪算哪，只要能唱越剧，干什么都行，这些气质是独属于她的。依照存在主义者的理论，叫存在先于本质。你是一个什么样的人，并不是天生的,是你在选择中形成的。在选择中形成的过程,就是存在的过程,而这个存在的过程,就是人的意义绽放。

从某种视角说,我们可以认为这个姑娘是有点癫狂的,她的肉体的盲目在小说里便具备了某种象征意义。她痴迷的是标准的中国传统文化,但她的行为却像一个超越了中外任何文化的自由主义者。

一般意义上说,她肯定是对她从事的艺术用力过度了,儒释道三家哪一家都放不下她,但艺术不正是一种倾斜的力量吗?她随心所欲地要去绽放她的艺术生命,这一点应该是毋庸置疑的。

所以我给予垂髫一个开放的命运,她不见

了，不知所终，而对我的叙述而言，她的生命过程，就是她绽放的生命意义。

2023 年 10 月 21 日

附录

何文秀落难

从前,海宁(今盐官)南门外,有一座独间头小庙,叫"马公庙"。此庙虽小,但造得十分考究,香火也特别旺。庙里有两个菩萨,一大一小,称为大马公菩萨和小马公菩萨。传说这庙为何文秀所造,因为庙里的两位马公菩萨曾经救过何文秀的命。究竟是怎么一回事呢?

传说明嘉靖年间,扬州府何昌德一家被奸臣严嵩害得满门抄斩,只有其十六岁的儿子何文秀，扮成丫鬟逃出扬州，流落姑苏，以唱道情乞讨过日。苏州富商王员外的千金王兰英，十分同情何文秀的遭遇，产生了爱慕之心。后来两人又险遭王员外的毒手，何文秀与王兰英双双逃到海宁。何文秀误认敌为友，同恶少张堂结拜为兄弟。结果张堂设毒计，杀掉丫鬟荷花，栽赃给何文秀，要何文秀抵命。这样，张堂就可以霸占王兰英。

何文秀被打入张家水牢，看管水牢的牢头禁子，名叫马公。马公五十开外的年纪，已在张家做了十多年。

这马公住南门外，家里很穷，靠租种张家田地为生。他三十岁上才娶妻，婚后生下一子，取名三官。三官生来便耳聋嘴哑，双脚软骨，是个呆子。自己身上肉,自养自肉痛,马公也只好抚养起三官。那年三官三岁,海宁发了一场大水,钱塘江大潮冲毁海塘,"水没金山",房屋冲倒,稻田冲毁,马公的老婆被淹死,马公抱着三官大哭一场,他被逼得无路可走,卖身到张家当了牢头禁子。

三官长到十六岁,但还像个三岁小孩子,只会吃、拉,不会说话、不会走路、不懂世事,但马公还是背着他进进出出,相依为命。

何文秀自从被打入水牢,便每天啼啼哭哭喊冤枉,马公深表同情,再加上何文秀一表人才,马公有心相救。张堂为了早日得到王兰英,决定先下手为强,要暗杀何文秀,抛尸钱塘江。这个阴谋被马公晓得以后,他如同热锅上的蚂蚁，急得团团转。已经初更时分，再不想办法，何文秀定然性命难保。他想来想去，最后想到了亲生儿子身上。舍得一身剐，也要救出何文秀。于是马公决定让儿子顶替。

"罢！罢！罢！"马公顾不得这许多了。他立即开锁进牢，容不得何文秀分说，立即让儿子与他调换了衣服，并关照何文秀装成哑巴，千万不要开口。说完，锁上牢门，背起何文秀就走。马公每天背着儿子进进出出好几回，旁人哪会注意这个"哑子三官"呢？

马公将何文秀背到南门外自己家里，马上命何文秀更换衣服，给了二十两银子，叫他赶快抄小路往西逃走。何文秀感激万分，扑通一声，双膝跪地，喊了一声"再生父亲，后会有期",便上路西逃。

再说半夜光景,张兴带刽子手进水牢,昏暗中见"何文秀"睡着,便不问情由,手起刀落,把他的头割了下来。但当刽子手将"何文秀"尸体装入麻袋,准备投入钱塘江时,却发现对方的双脚比小孩的脚还小,不由感到奇怪。他再仔细一看,啊,不对!杀掉的不是何文秀,而是哑子三官!张兴再慌忙寻找何文秀,对方早已不知去向。他知道事出有因,一定是马公所为,马上禀告了张堂。等到张堂等人追到马公家里,何文秀已经逃出了海宁地界。气得张堂眼睛发直,胡须根根竖起。

"逃得了和尚逃不了庙,来!快把这个老东西抓起来!"张堂一声嚎叫,打手们一哄而上,把马公扎得严严实实，张堂上去就是三个巴掌。

"好啊！你这个老东西，放走何文秀，该当何罪？"

"呸！你张堂滥杀无辜，绝无好报应的，何文秀冤枉，我让儿子顶替了，难道还不够吗？"

"什么？三官这个废东西，能抵何文秀吗？好啊！你介喜欢顶替，今天我就成全你，连你这老东西也抵进去！"说着，手一摆，命令手下将马公绑在柱子上，一把火，把马公活活烧死了。

再说何文秀逃出海宁，改名换姓。三年后殿试中魁，重返海宁。回海宁头一件事，就是要来谢马公的救命之恩。但一打听，恩人马公父子都被张堂所害。两条性命换了何文秀，张堂恶贼真是死有余辜,何文秀悲痛万分,哭倒在马公的坟上。

  旧恨新仇,怒不可遏。何文秀发誓要取张堂之头祭恩公。后来,何文秀将张堂满门抄斩,报仇雪恨。为了纪念马家这两位恩人,何文秀就在马公旧宅上,造了这座"马公庙"。